大旗出版
BANNER PUBLISHING

大旗出版
BANNER PUBLISHING

牛肉麵的幸福滋味

序　每一道料理都有故事

如果是家裡母親煮的食物或者是自己下廚煮的咖哩或義大利麵，我們即使閉上眼睛，也能夠想像出母親在廚房裡的身影或母親習慣煮的幾道菜，烹飪的過程，食材受熱發出的聲音和氣味，或者我們用餐的心情。

即使在外面用餐的時候，也會有那種學生時代經常買便當的地方，和朋友打球後一起吃冰的店，或者和情人在重大節日時才會去的餐廳。

我們的生活原本就是由很多的小故事串連起來：和別人相遇並且說話、共同做某些事、看某些風景或者一起用餐。而我們用餐的時候，故事也正在持續發生的噢。

我們可以將母親或自己下廚的事情，用口述或文字的方式表達出來，那是情感和記憶的寶貴經驗；但我想像著，其實在外面的餐廳裡，每一道料理也應該同樣有深刻的故事吧。

每一道料理不僅單純代表幾十元到上千元的價值，它可能有著餐廳老闆或廚師的生命經驗、情感或者故事。

為什麼便當店老闆會經營這家便當店呢？又為何恰好將便當店開在這裡？為什麼在夜市裡賣牛排和海鮮小火鍋呢？

作為一個單純外食的消費者，也許只要食物好吃就行了；不過如果能夠知道每一道料理背後的故事，說不定食物吃起來的味道就更豐富美味了。

於是我寫下《牛肉麵的幸福滋味》這樣一本書，設想了一個經營牛肉麵店的男人，他的生命故事，以及每一道店內料理的故事。

希望這樣的短篇故事集，能讓我們發現生命當中每一道料理或每一個片刻的幸福味道。

楊寒

篇一　夜雨中的牛肉湯麵

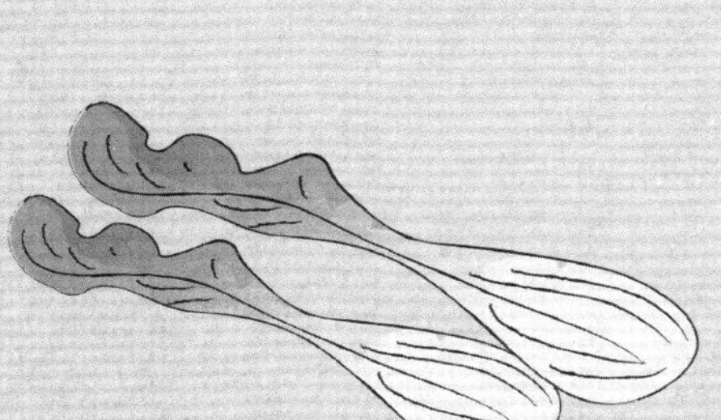

大雨已經下了一整天，淅瀝嘩啦地在整個城市製造多餘的噪音。

這種天氣大概沒有人想出門吧？即使硬著頭皮撐傘出門上班，也不可能在街上逗留很久，一年或多或少會有幾次像今天這個樣子地下雨，與其說這樣的雨是為了洗滌城市的汙穢，我更覺得雨水刻意阻隔了什麼東西，例如與街心對望的視線，還有人與人相見的機緣。

我記得在很年輕的時候，預計某天要跟初戀女友見面，那時我們已經兩個多月沒有見面了，她在準備研究所的期末論文，而我為了準備當美術老師正在國小教育實習，兩個人都忙，原本期待的一次約會，因為大雨淹沒了嘉南平原一帶的鐵路，我們取消了那次約會。

幾個小時後，我們在電話裡吵架，原本只是為了無法見面這個事情，後來我們爭執的論點擴及到彼此的生活習慣、價值觀和個性的差異，說起來有點好笑，因為那場雨，那場和現在同樣的夏季大雨，導致我們爭執、論證出我們早該分手的理由。

因為那場雨，我和初戀女友分手了。

不過在那之後又發生很多事，最終的結果是我成為一個剛滿四十歲的中年男人，仔細看已經有些白頭髮，身體還算健康，曾經有個妻子，但在好幾年前，我們就像各自遠離對方流浪的野貓，走出了那段褪色的婚姻；若說那段婚姻有什麼值得一提的，大概就是我的孩子吧？現在可能十六或十七歲，在日本神奈川縣念高中，和他媽媽一起住。

我曾經是國小的美術老師，不過已經辭職了，那時很掙扎該不該辭職呢？最後還是離開了學校，在城市裡一條不顯眼的巷子裡租了個店面，開起專賣牛肉麵的小麵館，雖然我認為店裡牛肉麵的味道都很不錯，但生意一直有些冷清，就像圖書館的偏僻書庫裡收藏著的某本紅皮精裝書，可能很久都沒有讀者去翻動借閱。

不過，依靠著老爸過世的遺產和他先見之明投保的保險金，我總算還可以生活下去，可以在這樣連續幾天的大雨只煮上一小鍋的牛肉湯，然後占據了店裡很少有客人的桌子，翻讀一本有關討論立體派藝術的書。

說起立體派藝術，就不能不提西班牙畫家畢卡索，畢卡索是立體派的開山祖師，他的藝術從多種角度去觀察現實事物，然後將觀察的結果在平面畫布上並列或重疊，在線條和顏色深淺中重新塑造空間。

有點像寫日記一樣，不是嗎？在平面呆板流水帳似的日記裡，那些好像心不甘情不願被塗抹上去的事件，並列填滿在某一天的空白頁上；哪天當你重新翻到那些被遺忘的瑣事時，會「啊」地一聲瞬間讓那些文字立體地充盈在腦海的回憶裡。

所以我還在小學任教的時候，經常告訴那些孩子，不要小看文字和美術的力量，文字和藝術是足以讓我們將記憶重構出 3D 情節的神祕力量。

雖然，即使我們記得了那些已經失去的往事也於事無補……

像雨一樣，生命中有些情節會反覆不斷在我們的人生中發生。我拿起擺在書旁的手機看了一下時間，時候有點尷尬，晚上八點三十二分，好像可以把店門外面淋雨的活動看板推進來準備關門了，但為了某種虛應故事或者稍微堅持一下當一個牛肉麵館老闆的堅持，我決定再多等待半小時，到我自己定下的營業時間結束才準備打烊休息。我把書闔起來、走到櫃檯後面拿出一本米色封面的素描本子和一枝素描用鉛筆，隨意地畫店裡的樣子。

關於店裡的裝潢擺設，我不知道已經畫過幾百張圖了，反正營業時間裡客人也不多，就練習畫畫吧！我很小的時候就喜歡畫圖，看自己運轉筆芯在畫紙上面摩擦出心情的軌跡，我知道那些線條其實不是現實的反映，而是心事的呈現，我們在想什麼都會呈現在畫紙上面；心情好的時候，心情不好的時候，或者沒什麼特別心情的時候我都會畫畫，那些線條彷彿巧妙地修飾了整個世界、修飾了我的情緒，我喜歡畫畫。在我那愛煮麵的父親還沒從公務員退休前、我還是一個小學生的時代，父親買了一盒蠟筆並慎重地告訴我：「孩子，畫畫和煮麵一樣，是種藝術、是種修行。」他還說：「圖畫和一碗麵都會呈現某個人的心情，畫一張很好的畫和煮一碗很好吃的麵都像進行一次慎重的儀式……」

那時候，我覺得他講得太嚴重了，但現在，我認為他說不定是對的。

大約二十幾分鐘後，我潦草地把麵館裡的一角畫出來——兩張原木拼起來的方桌，幾張相對應的椅子，桌上手工陶器的調味醬罐，牆壁上掛著一張我大學一年級時用油彩畫的梵谷自畫像，當然現在看起來筆觸有點生澀，所謂的生澀就是沒辦法表現梵谷筆鋒那種滯重感，不過反正來這裡吃牛肉麵的常客很少是學美術的專家，大多是真正懂得吃麵的老饕，有外食了三十幾年午餐的老上班族、附近大飯店的廚師或者很會做菜的婆婆媽媽，這些人對我的畫作通常都只有讚美；在這樣的小麵館裡，除了我自己對牛肉麵味道還得稍微堅持一下之外，其他事情，都可以像畫水彩畫時那樣，當畫到夕陽天空底色時，慵懶地調一些橘紅色，水彩筆攪拌一下大量清水，稀薄地在畫紙上輕輕一刷，把所有的人情世故一筆帶過。

我把素描簿隨手拋在桌上，再度看了一下手機上面的時間，九點十二分，該是打烊的時刻了。因為下雨的緣故，最近幾天生意都不太好，那些外食的上班族老饕們大多叫了外送的便當或披薩吧？不過我牛肉麵的高湯也熬得少，今天早上七點起床後熬了大約只有二十四人份左右的紅燒牛肉高湯。中午以後雨稍微小了，到晚上又下起大雨，前後陸陸續續來了二十個客人，但大約晚上七點半以後就沒有客人上門了。

我走到櫃檯後面用長筷子夾起剩下的牛肉塊，放在小碗裡面囫圇吞棗地吃掉那些牛肉充當宵夜，剩下的牛肉高湯打算明天早上煮點乾飯，做泡飯類的早餐。一個人生活的好處就像自由的風，無論往哪吹都是正確的方向，不需要遷就另一個人的飲食和作息，我想，也許明天早點起床，去便利商店買些火鍋料，把剩下的牛肉高湯煮個牛肉火鍋來獨享豪華的火鍋早餐也是無妨。

在享受豪華牛肉火鍋早餐之前，我先把牛肉塊吃個精光，然後打算開始清理鍋具。不過在那之前，想到那個底下有滾輪的活動招牌，仍舊牽著一條電線在雨夜的外頭兀自發亮，有點可憐，於是決定先去把它推進店內；其實這應該才是一般正常關店的程序，先把活動招牌推進來，關掉招牌燈光，這樣才不會有飢餓如迷途羔羊的客人看到了招牌燈光便誤以為還在營業中而闖進來。都是因為外面雨勢太大了，讓我不自覺地忽略了這件事。

在雨中把活動招牌推進來這件事讓我覺得相當討厭，因為兩隻手都得推著有點沉重的牌子，也就是說我沒辦法撐雨傘，但特別為此穿雨衣卻又覺得太麻煩了。人生總有很多事情像在雨中推活動招牌進屋子這件事一樣，雖然討厭但還得去做，我好像預先感覺到淋雨會很冷似的，縮了縮肩膀然後走出店外。

牛肉麵館所在的巷子是比較冷僻的，大概還要走上五、六分鐘才是商業辦公大樓林立的城區，這邊的巷子裡多半是像我這樣提供上班族另一種「不太貴」餐飲選擇的小店；不過在這種大雨的夜裡，大家都提前打烊了，大概只有我這種固執的人才會像執著什麼似的，堅持到平時結束營業的時間才開始收拾。

站在店門口，把視線投向雨幕後面的巷子，那大概就是一種漆黑的氛圍所構成的沉鬱淒冷色調吧？正當我捲起襯衫衣袖，在雨中推著活動看板發出了唧喳的滾輪摩擦聲時，我注意到斜對面港式燒臘店門口的灰色瓦斯桶旁，有一團白色的東西在蠕動。

是貓嗎？

如果是貓的話我也不可能收養。即使我曾是一個勉強可和藝術沾得上邊的國小美術老師，養隻貓大概也能增加神祕、靈感之類的生活情調，但我現在可是一個牛肉麵館的老闆，從事餐飲工作、為了保持乾淨，是應該跟寵物絕緣的。但如果真的是貓的話，我大概也能從店裡拿個紙箱、報紙什麼的，讓牠稍微有個避雨的地方。

我怕驚嚇到瑟縮在瓦斯桶後面的小動物，特別放輕腳步靠了過去，但我隨即發現我多慮了，畢竟在這樣大雨淅瀝嘩啦的夜裡，即使我腳步聲音再響也會被雨聲淹蓋過去；當我繞到那間港式燒臘的瓦斯桶旁時，才發現，那是一個長髮差不多留到肩膀再下面一點的年輕女孩，她穿著可能是絲質的白色襯衫和一件牛仔短裙，就像一隻小貓般縮在港式燒臘店的生鏽鐵捲門邊發抖，臉色有些蒼白，不斷作勢想嘔吐，她捲曲著身子露出了兩條青春健康的大腿，但這時我只覺得她這樣子應該很冷。

當然除了寒冷外，我想她應該還很不舒服。

關於淋雨這件事，除了忘記帶雨傘出門以外，總有不情願但必須淋雨的時候。所謂必須淋雨，並非說一定有種情境得讓自己出門被雨水打在身上；而是說淋淋雨會比較好，或者反正情況已經悲慘到即使淋雨也沒什麼大不了的這種情況。例如被主人拋棄在街頭流浪了幾天也餓了幾天的寵物狗，這時候淋雨雖然更加可憐，但也沒有比被主人拋棄這個事實來得悲慘。

「我想我了解妳。」我彎腰對面前這個看起來非常年輕，臉上皮膚幾乎不必化妝就彷彿上了蜜粉一樣的女孩子說話。

並不是問她說「妳怎麼了」或「妳還好嗎」之類的話。

因為我想起了初戀分手的那一天，我掛上她的電話，失魂落魄地走出家門，就這樣漫無目的地走著，那時我也是一隻被拋棄的狗吧？

現在的雨跟當時差不多，當然若仔細分辨的話，還是可以分辨出細微的差異，但我們究竟不是氣象學家，只知道這也是大雨就夠了。我在女孩身邊蹲下來，沒有盯著她被雨打濕黏在她纖細身體的白襯衫或她青春的大腿，只是把視線投向眼前陰鬱潮濕的街道——如果是十年前我還沒戒煙的時候，如果這不是個雨天，哎，這時候真是適合點燃一根香菸把憂鬱和靈魂都燃燒殆盡。

這女孩子痛苦地在雨中扭動著身體，然後抬起頭來望著我，也許是感受到她的目光，我也轉頭把視線投注到她臉上，她似乎想說什麼，但臉上露出了猶豫的表情，終究什麼也沒說，嘆了口氣，彷彿是一個長音符滑動，然後迅速變調為一種更加痛苦想要嘔吐的曲式。

「不管妳想說什麼或感覺什麼，我想終究這樣淋雨下去都不是辦法，進來我店裡吧？妳可以在我店裡待個半小時或一個小時。」我想伸手去攙扶她，但設想了幾種可能發生的不好情況後還是放棄了，只能把想對她說的話夾帶著一些善意的關心拋出去，至於她接不接受就不是我能預料的了。

「你的店？」女孩仰著頭，稍微坐了起來。雨水流過她精緻得好像藝術品的五官，大概雨水的冰冷讓她的臉色更顯得蒼白而發顫，我聽見她細微地咬了咬自己牙齒的聲音。

「走吧？喝點熱茶或吃點什麼，不管在哪種情況下，不吃點東西總是不行的噢！」我站起來，心想如果她要繼續待在這裡就不管她了。

不過，她就像街上一隻被餵食過後的小貓，在夜雨中安靜地跟在我後面走進了我這間店名為「有」的牛肉麵館。

我先為她倒了一杯熱茶，不管夏天或冬天，來店裡的客人我都會端上一杯常溫以上、有點熱度的茶，除了以中醫的觀點來說，冷飲對身體有害外，我覺得端上一杯有點熱度的茶能讓來店裡的客人感受到溫暖，也能讓腸胃稍微暖和一下，能夠更加開懷享受在店裡所食用的每一道牛肉麵餐點。

「好特別的杯子，你自己做的嗎？」女孩雙手捧著厚實的陶杯，在夏夜裡發抖著身子。她把臉靠近茶杯呵了一口熱茶的熱氣，而頭髮仍如同她的煩惱般濕黏在她的額頭上。

「我以前是美術老師，店裡的茶杯、碗盤還有桌上的調味料罐，不是我做的就是我朋友做的。」我淋了好一會兒的雨，竟也覺得有點冷，我往店面樓上走，自從開了這家店以後，我就搬到店面樓上居住，老家變成了堆放雜物和回憶的倉庫，因此如毛巾或乾爽衣物之類的，只要上樓就能拿得到。

「哦……原來你是美術老師啊？難怪店裡掛了很多油畫……那是水彩畫嗎……」她說道。

我踩著狹長的木梯碰碰碰地上樓，隱約從只有裝潢功能的木質牆壁中透出她的聲音，我回憶了一下掛在店裡的圖畫，大聲地朝樓下喊：「有些是膠彩畫……角落還有一幅鉛筆素描，畫淡水河畔……」

有時候就這麼奇怪，我們剛剛在淋雨，什麼話題也談不上，突然換個空間，我們就產生了話題。生活就像這樣，好似是由很多荒謬的小情節構成。

我走下樓梯，回到店裡把一條乾爽的鵝黃色毛巾拋給她。

「擦一下頭髮吧？」我自己同樣拎著條毛巾擦頭髮，粗魯地也擦了擦脖子和手，然後捲起衣袖走到櫃檯後面的白鐵製料理餐台，向坐在梵谷自畫像牆邊桌子的女孩說：「煮一碗牛肉麵請妳，口味就別挑了，因為這幾天都下雨，也沒什麼心思準備太多高湯……」

「謝謝，你為什麼對我那麼好？」女孩用毛巾擦乾了臉，瞇著眼睛，用像貓一樣充滿神祕色彩的眼睛望向我，所謂「像貓一樣」的這種形容詞並非為了寫作而刻意使用的，我想那是因為她眼睛用了瞳孔放大片給我的感覺。

「因為妳看起來需要溫暖的東西。」沒有先清潔鍋具的決定真是正確，我把煮麵鍋保溫的小火轉為大火，煮麵大鍋裡濁白的水很快冒出水蒸氣，首先細微的氣泡浮起，然後是大的水波滾動。我很講究店內麵條的新鮮程度，因此沒有從製麵工廠訂太多的麵條，但此刻店裡的麵條還夠煮上三、四碗大碗的牛肉麵。

我把三團手工寬麵丟進正滾著的煮麵鍋裡，用竹製的長筷子輕靈地攪拌開來，麵條需要讓它鬆散在沸水中平均受熱，這樣麵條的口感才會有足夠的嚼勁，就像憂鬱需要化解，不能老糾結成一團。但有些麵店為了省事，經常只把麵團放進竹編製或鐵網狀的麵撈燙煮一陣子，那樣煮出來的麵條就有可能受熱不夠均勻而不夠好吃了。

在煮麵的同時，我注意到，剛剛我已經把剩下的牛肉塊當宵夜一口氣吃光了！這是一件麻煩事，就像客人點了番茄牛肉麵，我愉快地應了聲好，轉頭才發現番茄牛肉高湯完全沒了那樣尷尬；我開店以來從沒遇到過這種情況，萬一真的遇上了，我想我會喊：「客人！不好意思……我們番茄牛肉麵賣完了，您可不可以改點其他的。」不過，現在坐在店內雙手捧著一杯熱茶、頭上蓋著毛巾的那個女孩子，是被我邀請，而非是進來店裡消費的客人，我該怎麼稱呼她呢？

「誒……請問一下，妳叫什麼名字？」在櫃檯後面，我這個有點失職的廚師保持鎮定地從碗櫃裡拿出兩個乾淨的空碗放在料理台上，詢問那個女孩子。

然後我知道了她的名字，周依涵。我告訴她：「周小姐，不好意思……那個牛肉塊沒了！降級一下改成牛肉湯麵可以接受嗎？」

「噢……」她像小孩子般發出了一個不滿意的長音，然後驚覺這樣對於免費招待她進來的我是相當失禮的事情，於是連忙點頭，發出了甜美的聲音：「可以啊！麻煩您了。」

為了彌補沒有牛肉塊的遺憾，我把冰箱裡的小白菜通通拿出來，大概是四人份的量吧？放在水龍頭下沖水洗乾淨，用菜刀切除根部後切成三段，這時候麵也滾熟了，我拿起竹撈和長筷子，撈起了三人份的麵條分裝在兩個大碗公裡，然後同樣把小白菜放進煮麵的滾水中，汆燙十秒左右撈起，熟練地用長筷子夾起放在麵條上方，接著用大湯杓把另一鍋快見底的紅燒牛肉高湯同樣均等地裝盛入兩碗麵中，最後快刀切了些蔥花灑上。

我把正冒著熱煙的兩碗牛肉湯麵端出去，正捧著熱茶小口小口喝的周依涵這時看起來心情好多了，對我輕吐出了兩個字：「謝謝。」

我幫她拿了筷子遞過去，她接過筷子還有些靦腆，這也是我為什麼吃了一大碗公的牛肉塊當宵夜還煮了兩碗麵的原因，怕她一個人吃會害羞嘛。我自己也拿了雙筷子默不吭聲地坐在她面前低頭吃麵。

我感覺她好像在注視我，大約兩秒以後，她也把筷子伸入碗公裡的牛肉湯中，兩根竹筷撈起了幾根麵條送入口中。

「好多青江菜哦！」她說道。

「那是……小白菜。」在都市裡生活的人們，即使每天都在不同的餐廳裡進食，但是真正能準確叫出每種常見青菜名稱的人，似乎可以被好好稱讚一番了。

「兩種很像，不是嗎？」她理直氣壯地彷彿在生氣似地看著我。

「大概是吧？」我屈服了，仔細注視著她那戴著瞳孔放大片的眼睛，彷彿剛剛被雨水洗過的大眼睛非常清澈，但有些疲倦。我用試探的語氣問她：「失戀了？」

「嗯，你怎麼知道？」周依涵低著頭，把臉埋進牛肉湯麵的熱氣裡。

「因為我以前也曾經因為失戀而淋雨，還稍微喝了些酒，那是初戀的時候吧！好年輕的時候……」

「是嗎？你不恨那個人嗎？」周依涵抬起頭來，神色複雜地將目光投向我，彷彿想要好好從我的表情去發現隱藏在時間背後真正的心情。

「現在自然不恨的，幾年以後，我又談過幾次戀愛，最後跟另一個女人結了婚又離婚，但生活還是要繼續下去……」我彷彿是想做點什麼來分散那回憶所帶來的痛苦，打開了桌上其中一個調味料罐，那是我跟鄉下一位阿婆訂製的辣味酸菜，我用小湯匙舀了一點加在牛肉湯麵上。

女孩看我的動作，接過我手中的小湯匙也想舀一些酸菜。

「……看起來沒有辣椒，可是有點辣噢！」我提醒她一聲，她動作停滯了一下，仍舀了一些酸菜，我則繼續說：「但不管什麼樣的際遇，因為與某個人曾經在生命中相處、因為沒有跟某個人相處的這些經驗，使我們變成了現在這樣的人，當然如果過去對方做出了什麼決定或我們做了什麼決定，都可能讓我們變得更好一點……不過也有可能變成更壞一點就是了，但不管怎麼樣，我覺得我們大致上應該都還滿意現在的自己，為了現在的自己，我們怎麼能不對那些人或那些事有一些心懷感謝的想法？」

她低頭吃了幾口麵，又咬牙切齒般地大口咬著燙熟的小白菜，然後她說：「我就是沒辦法感謝他。」

「湯也很好喝，多喝幾口湯吧？這湯是我今天早上熬了三個小時的。」我稍微轉移了話題，同時自己也喝了口湯，用湯匙攪拌碗裡的湯說：「熬紅燒牛肉高湯這個過程說起來也挺繁瑣的，把很多材料和中藥包處理好後，依照預計的高湯份量在湯鍋裡加入適量的米酒、味精、糖、鹽，開大火煮沸後，還要把湯面上漂浮的乳白色泡沫和雜質清乾淨，然後小火繼續燜煮。」

「感情這件事也一樣，很麻煩的，不是嗎？」她說。

「妳抓到重點了，戀愛也像一鍋高湯一樣，哪時候一不注意，隨時都有把高湯煮壞的危險。」我說：「但戀愛中我們其實不是那鍋高湯，而是廚師啊！把湯煮壞了，我們可是有責任的，而不是材料的問題；如果一個廚師總是把自己煮出來的東西『難吃』怪罪到材料上，那他永遠不會進步，一次痛苦的戀愛經驗也是如此，如果我們沒有心懷感謝的反省，也許下次還會煮出一鍋難喝的湯。」

「說起來，你不但是個廚師，還是哲學家嘍！」她說。

「每個人都可能是生活的哲學家哩！」我快速地把麵吃完，大口喝了一些湯。

「你這牛肉湯的味道蠻好的，不會太鹹或太淡，感覺很用心去做，只可惜沒有牛肉噢！好想吃肉……」她露出了笑容，就像雨夜後天空放晴出現的月光一樣令人覺得清爽。

「這次就稍微忍耐一下吧！就像人生中也可能有一段時間稍微沒有愛情，但缺乏了愛情也可以是滋味還不錯的生活。」我聳聳肩，對眼前這個年輕的女孩說：「暫時就先用這碗加了很多『青江菜』的牛肉湯麵為妳加油！下次妳來再請妳吃牛肉麵。」我加重了「青江菜」這三個字的音。

「我知道是小白菜了啦！是小白菜……」她露出了有些嬌羞的笑容彷彿抗議地說道。

篇二　父親的原汁牛肉麵

一家店，不管賣的是什麼東西，如果總是被沉默的氣氛所籠罩，那大概是件蠻令人感到沮喪的事情；雖然我因為父親死後留下一筆不少的保險金，不會特別在意店裡的生意怎麼樣，但如果一天有差不多二十到三十個客人上門，其中兩、三個說這家館子的牛肉麵很好吃，那我也會非常高興。就像在教室講課的老師，如果教室裡學生缺席了大半，而來上課的學生都完全對這門課沒有興趣，只是為了學分勉強坐在教室裡，那即使是學問很淵博的老師也會失去把學問傳達給學生的熱情。

這就像琴師伯牙也需要鍾子期這樣的知音吧？

因為父親的緣故，我不討厭做菜或煮牛肉麵這件事，但有時候店裡客人多的時候，我也會覺得有點麻煩，心裡默唸著是不是可以提早打烊；但這種事情只能夠在心裡想想而不能真的付諸實行，因為為了麻煩而提早關店打烊，就像因為覺得活著麻煩就停止呼吸，說起來是一件很可笑的事情。

但幸好，今天下午不知道是不是我這家麵館被某種隱形的魔法籠罩住了，還是平常的熟客約定好讓我放一個下午的假，從中午一點以後到三點，陽光也開始變得有些慵懶的渙散，一直沒有客人進來。

我用鉛筆畫了兩張圖，一張是素描，畫得是另一個角度的店內角落，剛好把那張掛在牆壁上的淡水河畔素描也畫進去；另一張則是加了桂皮、黃耆的清燉牛肉麵想像圖。因為我會畫圖，所以當我要研究一種新的牛肉麵，我會先用鉛筆把牛肉麵的樣子畫出來，先用鉛筆筆芯的石墨去勾勒出牛肉麵的形狀，在一筆一劃的構圖過程中，我也會去想：啊，這碗麵的麵條是粗是細？應該訂寬麵還是細麵？在設想麵條的形狀時，我也同時沉浸在對牛肉高湯的想像裡，什麼樣的麵條搭配什麼樣的湯汁會產生什麼味道？

鉛筆除了濃淡外，自然不會構圖出色彩，可是經由想像，我能夠區別紅燒口味、原汁口味、番茄口味、咖哩口味，或者因為小茴香、甘草等中藥材多加了一些所造成湯汁顏色變化，然後進一步去設想湯汁的味道、決定麵條的形狀。對一家牛肉麵店而言，想要熬出好的紅燒或原汁牛肉湯頭，選擇好的辛香材料是一件非常重要的事，如果只是像一般家庭煮牛肉麵那樣，光去菜市場、南北雜貨店或中藥行裡買個滷包來熬湯，那就太對不起「賣牛肉麵」這個職業了！想到這裡，我的鉛筆在畫紙上那碗牛肉麵的空白處畫了幾顆八角、三奈……然後又畫了一盤胡椒和花椒，對於這些香料的形狀和氣味，這可是我從小就習慣了的。

畫了一陣子圖，我想起廚房裡的原汁牛肉高湯快用完了，應該煮一鍋新的。一般我們在街上看到的牛肉麵店，通常為了兼顧不吃牛肉的客人，都會兼賣陽春麵、水餃、餛飩麵類的食物，因此牛肉麵的高湯大多只有紅燒口味，因為紅燒口味的牛肉麵滋味較濃厚，搭配豆瓣和牛肉的香氣，很容易刺激消費者的味蕾，養成他們經常上門的飲食習慣；至於專業點的牛肉麵館則會再準備另一款清燉的高湯，供口味清淡的消費者選擇。不過我這家店裡的基本高湯，卻是紅燒和原汁兩種口味，偶爾會依照當時的心情添增菜單，當天我會告訴客人：今天有番茄牛肉麵或咖哩牛肉麵噢！有些客人會有些驚喜，便點了特別口味的菜單，但有些人一如我那過世老爸的固執，堅持牛肉麵就該吃原汁的。

正想著呢，這時卻有人影出現在店門口，那個人先輕扣深色木質的門欄，然後探頭望進來。

「歡迎光臨……」經營一家店讓我養成了說起來可能有點卑微的習慣，不管對象是誰，很容易就向對方鞠躬點頭然後在臉上堆疊起笑容問候；不過原本我就是一個個性謙和的人，即使過去在學校教書時對待學生也同樣客氣有禮，因此很快就能把自己的心態和想法轉換過來。

我站起來想提茶壺為門口的客人倒杯溫茶，但那個人卻站在門口遲遲沒有進來，仔細端詳了一下，原來是那天雨夜中的女孩子。對於女生樣貌的辨識能力一直是我的弱項，剛服完兵役的時候，曾經和一個大學時的學妹有些曖昧的交往情愫，但有一天她換了髮型，我竟然認不出來，這也許讓她對我失望了吧……這樣的尷尬讓我們逐漸疏於聯絡，最後終於像什麼東西斷掉似的，啪地一聲失去了彼此交往的契機，再也不曾聽到對方的音訊。

「您看起來好像在忙。」站在店門口講話的這個女孩叫做周依涵，但她的職業或其他具體的什麼我就完全不知道了。

「以一個賣牛肉麵的人來說，我看起來應該很清閒才對。」我不確定她是不是要在下午四點左右這種不合時宜的時間進來消費或者只是單純聊天，但不論是誰，來訪的客人我都會以溫茶或熱茶招待，據我那過世的老爹說，這種招待客人的習慣從大陸老家那邊就一直這樣，大概延續了三、四百年之久，但我覺得這種說法可能略嫌誇張。

「不過你好像不是單純賣牛肉麵的。」她像小精靈似地踩著輕盈的步伐走進來，彎腰看了我在桌上的素描本子，然後抬頭望著走向櫃檯的我，指著那本素描本，省略了主詞和受詞，這樣問我：「可以翻嗎？」

「妳隨便看看吧。」

我從櫃檯後提著陶燒的茶壺，為她倒了杯茶。

「大多畫你的店和牛肉麵嘛！」女孩快速地瀏覽過素描簿裡的鉛筆畫，是那種很輕鬆的翻閱，只是讓自己的視線掃過那些紙頁上的線條，知道那些線條構成了什麼畫面而已，但她說：「畫得很好，什麼時候幫我畫一張？」

「就只是隨便畫畫，複習筆尖摩擦過紙上的手感，說不上藝術。」

「這是什麼？」她雙手捧著厚重樸拙的茶杯，像小鳥模樣般地喝了一口，然後指著我剛剛畫的東西，又解釋了一下她的問題：「我是說，你畫的是什麼？」

「那是八角，也稱做大茴香，也是熬牛肉麵高湯的主要成分之一，因為八角的氣味濃郁，所以不管蒸、煮、滷的肉類料理，都能相當成功地去除肉的腥味。」八角形聚合狀的大茴香，每顆大約兩公分左右大小，看起來有點像褐色紙摺成的小星星那樣。

「那這個呢？看起來好像樹枝的皮。」

「那是甘草，八角的味道其實和甘草有點接近，味道都非常甘甜，都有調和與提味的作用，所以有時候人們在料理食物時也會用八角來代替甘草。」她不斷提問的這種感覺讓我回憶起當年小時後我在父親廚房裡玩耍的記憶，我的母親很早就過世了，父親下班回來就得捲起白襯衫的袖子為我們兩個人的晚餐繼續奮鬥，因為父親下班時多半很累了，大多時候的晚餐都很簡單，麵食或淋上肉燥的白飯也就常是我們晚餐桌上的食物。

「想看實際的東西嗎？」我問她。

「好啊！你有嗎？」她突然恍然大悟地輕拍了一下自己額頭，說道：「你是開牛肉麵館的，應該有這些東西。」

她站起來往櫃檯這邊走，隨即歪著頭露出如小栗鼠般好奇的表情：「你那麼會畫圖為什麼要賣牛肉麵呢？這家牛肉麵店為什麼要叫『有』呢？好奇怪的名字噢！」

我正準備要做父親生前喜歡的原汁牛肉高湯，在櫃檯後面的壁櫥中拿下一個個的透明密封罐，每個密封罐大約直徑十五公分左右、高三十公分左右的大型塑膠罐，裡面盛裝著不同的辛香材料，然後我拿出小秤子來計算一下一鍋二十四人份的原汁高湯所需要的份量；因為這已經是做了很多遍的重複性工作，我覺得在這個時候，自己有點像機器人，不需要特別思考，只需要依照事前輸入在記憶中的方程式工作。

我在抓出一把花椒粒的同時，向周依涵說了些關於我父親的事。

我父親從他工作超過三十年的戶政事務所屆齡退休的前兩年，被醫生檢查出他得到肝癌，而且已經是末期了。他是突然暈倒在工作的辦公桌前被同事送往醫院急救，我那時在國小教書，接到他同事的電話後急忙趕去醫院照顧他；那時父親住院住了兩個多月，因為年紀大，又多種慢性病纏身，已經沒有體力接受手術治療，而放射線或藥物治療對他病情的改善也沒有幫助，兩個多月以後就過世了。

父親的同事在喪事結束後不久打電話給我，說他們已經清空了父親的辦公桌，希望我到戶政事務所那裡去領回父親的遺物。父親在工作上並不特別認真也不特別敷衍，大概就是中等公務員的那種程度吧！因此這麼多年來只有因為年資升了職等，基本上他的職位沒有太大變化，因此還是用那張我小時候曾躲在桌子底下遊戲的桌子。我那時去了戶政事務所領回兩個塞滿雜物的大紙箱，又看了那張被清空的桌子一眼。

人在社會裡的職務不就像那張桌子一樣嗎？雖然以為那張桌子少了自己不行，平常也可以用小盆栽、相框之類的東西把辦公用的桌子裝飾得稍微有點個人特色，但隨時都可能被清成像是我手上抱著的兩個大紙箱的東西，而空桌子和職位則一起歸還給社會或某家公司。父親算是一個溫和的人，也有不少年輕同事吃過他煮的牛肉麵，但人老了多少有些頑固和自以為是的個性，加上他們大部分的同事都等著資深的老人把職位空出來，因此對抱著父親紙箱的我，慰問起來多少都有些虛假。不管怎麼說，去父親長年工作的地方拿回父親的遺物是一個不怎麼愉快的經驗，原本想把那些東西拿回來後就隨便丟在老家的某個角落好了，但這時卻有本深藍色皮的小冊子掉了出來。

有時候我在想，如果那時候這本小冊子沒有掉出來，或是當下我連翻都沒有翻就把它重新塞回紙箱裡，那我的人生確實會跟現在不一樣。

父親在那本小冊子中書寫的文字是喜悅的，是神采飛揚的，彷彿是一個少年興高采烈地談論關於未來的美好話題似的。他寫出他的幾種牛肉高湯配方和烹調的方式，並且幻想著自己若有天能夠開一家牛肉麵店應該是什麼樣子。

他在有橫條的筆記本上，用藍色原子筆畫出這家麵館的店面，附註這家店不需要開在大馬路旁，只要在小巷子裡面就夠了；這家店只賣牛肉麵，而且歡迎每一個懂得吃牛肉麵的客人。

店名就叫「有」，代表「有麵」、「有美味」、「有客人」、「有歡笑」、「有幸福」之類的很多含意，在藍色墨水畫出來的店門口，還有一個底部附有滾輪的活動招牌，父親註明了這是壓克力板材質內含日光燈管的招牌看板，是會發光的！而且父親當時還去招牌製作的商行詢問了價錢，在旁邊寫上了當時詢問的估價。

我知道父親經常煮牛肉麵，也經常招待同事朋友到家裡吃牛肉麵，但我從來不知道父親他對牛肉麵的喜愛已到了想要經營一家牛肉麵館的程度，我也不知道父親他擁有這本記載他生平最大夢想的小冊子，可以沮喪地說，我完全不認識小冊子上的父親。

到父親死後，我才發現了這樣的小冊子，發現了父親祕密而真切的夢想計畫。

「所以你辭掉國小老師的工作，開了這家和你父親計畫中一模一樣的牛肉麵館？」她一邊看我介紹手邊的辛香材料，一邊聽完這故事後環顧了一下店內，仰著頭又拋出了另一個問題：「店裡面的裝潢也是你父親生前設計的？」

「是啊。」我把那些中藥材用料理用的錘子像拍碎煩惱一樣地敲碎那些藥材，裝進紗布包袋裡綁起來變成一個高湯用的滷包，然後從抽屜裡拿出那本父親留下來的小冊子，翻開父親用筆畫出來的店內情景遞給她看。

「哇！真的一張桌子、椅子都不少哩！」

「那些桌椅花了我好多時間，因為室內設計師提供的款式沒辦法呈現我爸爸畫的那種古樸材質，那時我辭掉工作兩個月了，想開這家牛肉麵館，但實際上還沒什麼進展，於是心情很煩，開車到附近山區閒晃，結果恰好讓我發現有人在製作仿古家具，就請對方製作了這樣的桌椅。」

「你的名字叫君邗？」她指著我父親在室內裝潢設計草圖的牆壁上，有許多大小不一的空白小方框，父親用箭頭註明了要放君邗的畫，而現在那些父親預計掛圖畫的地方，我都依照他設想的位置掛上了我的圖畫。

我點點頭，沒有說話，反而調整了一下呼吸，我想如果沒有這麼做的話，也許我會哭出來。

「姓什麼？」她看了我一眼，好像我正在做一件非常傻的事。

「黃、黃君邗，店裡的名片有寫。」我抽了一張放在櫃檯上的名片遞給她。原本很尋常的商家名片，有店名、店址、電話、小店老闆姓名和商品名稱，但美術系畢業的我仍用心將它設計得相當雅致，就像一幅精巧的水彩畫作品。

「你現在在做什麼？」她拿到了名片，像尋常客人那樣稱讚了一會兒名片的設計，然後又像一個小女孩般問個不停。

「我在煮原汁牛肉高湯。」我疑惑地反問她：「妳幾歲了？不必上班嗎？」她今天穿一件黑色花邊立領假兩件式的T恤，外邊蕾絲是黑色的，而裡面是剪裁合身的白色棉質材料，下半身是緊身的藍色牛仔褲，那藍色藍得像剛從工廠裡拿出來一樣地簇新，當然如果用更文藝腔的比喻，大概就是下過雨以後放晴的天空那麼藍。而她這樣的穿著更讓我猜不出年紀了，加上現在女孩子大多保養得宜，很難猜出年紀，反正大約是三十歲以下的小女生。

「我今年才大學四年級，準備畢業了。」

「哦……現在是六月，也是畢業的時候了。」畢業這個詞離我相當遙遠，很少盡到父親責任的我，對於兒子的畢業典禮也從來沒有掛在心上過，因為兒子跟著前妻長久住在日本，我幾乎連孩子的年齡都快忘記了，更別說他什麼時候畢業。

我默默地從冰箱拿出牛後腿肉洗淨，切成塊狀，再拿到大湯鍋裡去燙煮了一陣子。

然後我才抬頭對這個正準備要大學畢業的女孩說：「妳來吃麵嗎？今天有紅燒和原汁口味的牛肉塊，但如果要新鮮的原汁牛肉湯，妳得要再等三個小時。」

「啊！」她這時才急忙從自己的白色亮皮大包包裡拿出小錢包，詢問我：「那天的牛肉湯麵多少錢？我忘了給你。」

「那是請妳的，因為妳那時候看起來很需要熱湯的溫暖。」

她深呼吸一口氣後，跟我說了聲謝謝，然後說：「那我今天想要吃有肉的麵，上次是吃原汁牛肉麵嗎？原汁牛肉麵和紅燒的有什麼不一樣？」

「原汁牛肉高湯沒有加醬油下去熬煮，因此湯頭顏色比較清淡，單純由辛香料和其他調味料引出牛肉的甘味。」

「就只是少了醬油啊……」她露出了有些失望的表情，但真不知道她在失望什麼。

「我父親就是喜歡原汁牛肉麵，他說那樣的味道剛剛好……少了醬油也沒什麼。」我繼續手邊的動作，例如處理洋蔥、番茄、蘿蔔等材料，熱油鍋炒牛油、除油渣等例行性煮高湯的準備。

「像人生少了男朋友也不算什麼！」她突然冒出了這樣一句話，然後漲紅了可愛的小臉，輕聲罵道：「那個混蛋！」

「少了情人，日子總是要過下去的，的確就像紅燒牛肉麵少了醬油，變成原汁牛肉麵也不錯。」我淡淡地回應。

「你呢？你有老婆、兒子嗎？」她瞅了我一眼。

「她跟我離婚了，我們生了一個兒子，和她一起住在日本。」我低頭專心處理牛肉高湯的滷包和其他食材，一同放進十六公升的冷水中，用大火加熱。對於這個正準備大學畢業的女孩而言，她遲早總會知道，人生比我們所預想的還要沉重，而我們比我們所了解的自己更無力、弱小。

「不好意思噢！」她皺起眉頭，對我做出了一個小小的敬禮動作來表示歉意。

「也沒有什麼，就像煮牛肉高湯，少了醬油變成原汁高湯，多了番茄……又是另一種風景，也可以嘗試加咖哩或者新疆的香料孜然還是其他什麼的，只要有想像力，還是可以讓人生有不同的美好風景的。」

在生命裡與其他人、不同事件相遇，就像在畫布上使用不同的顏料著色，也類似煮一碗牛肉麵的高湯添加了不同的香料、食材或調味料，雖然人生有些時候沒有辦法自己控制，但如果小心翼翼地去經營，大概都不會有太糟糕的可能。這也是父親交給我的牛肉麵哲學，他在我童年的時候大概是這樣說的：

孩子啊！老爹我最喜歡的是原汁味道的牛肉麵，但偶爾多加一點番茄或者醬油，吃起來也可以有另一種新的心情。

說不定他在狹小充滿油煙的舊廚房裡並不是這樣講話的，只是我在記憶裡美化了那些曾經發生過的情節也說不定。總之，父親除了教我煮牛肉麵外，也教了我一些認識生命而接近於哲學思考的想法。

「看見你把牛肉塊切好丟下去，就好想吃噢！」

「妳得再等三個小時，有時候人生的好滋味也是必須等待的。」我是這樣對她說的。

其實，關於父親的原汁牛肉麵，說起來還真有很多話可以說。

牛肉麵的
幸福滋味

篇二　紅燒牛雜麵疙瘩

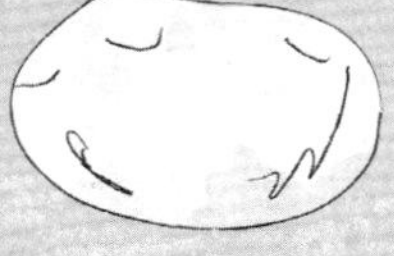

在夏天一陣細微的雨灑過店門口的巷子以後，我並沒有覺得比較涼爽。原因是店裡來了一個老客人，那是父親的老朋友，他在父親過世後仍一直非常照顧我，我在這裡開店的第三天他就抱著一盆花過來店裡，對我店裡的裝潢到處批評，一直到我拿出父親遺留下來的那本小冊子，告訴他我完全依照父親規劃的設計去布置這家店，他才稍微安靜下來。

這個滿頭銀髮、身材有些魁梧的人，是來自中國煙台這個地方，即使老了也猶有中國山東大漢的體態。他有著一張嚴肅方臉，雖然因為年齡的關係皮膚有些鬆弛，但五官仍非常英挺，戴著一副褐色粗框的老花眼鏡，說起話來像含著饅頭又想把話說得清楚，那麼一來，就只能大聲說話了；因此我這家牛肉麵小館裡下午雖然只有他一個客人，但仍然可以說聲音吵雜如市集。

今天早上他來吃了一碗原汁牛肉麵，然後推了推眼鏡拿起桌上報紙仔細看起政治版的報導，一臉激憤地指著報紙大罵在野黨在國會上杯葛某件事情太過胡鬧之類的事。面對這樣政治立場鮮明的老人家，我早有應變的相處之道，就是絕對不能反駁他，當然也不能非常熱烈地贊同他，以免他越說越得意忘形，總之就像我今天早上做的，一邊慢條斯理地剝洋蔥、洗洋蔥、洗紅蘿蔔、切紅蘿蔔……然後不時點頭回應對方，發出讓對方覺得自己重視他這些論點的聲音。

然後不幸的事發生了，在把報紙上所有政治新聞都討論了一遍，也讓我複習了國內政壇上所有知名政治人物的名字幾次以後，他走到櫃檯後面拍了拍正在洗白蘿蔔的我說道：「好久沒吃麵疙瘩了，我很想念你爸爸的麵疙瘩，做一碗來給伯伯吃吧？」

我的店裡並沒有麵疙瘩這道料理，因為我覺得做麵疙瘩太麻煩了，而且現在打電話叫製麵工廠送麵條過來非常方便，能夠客製化麵條的圓寬扁細，即使是要手工麵條都能叫他們送來。關於麵條，我唯一需要擔心的只是麵條的新鮮程度而已。

但如果要做麵疙瘩的話，就得自己從麵粉開始揉起。雖然不是非常情願，我還是問了他：「你要吃什麼口味的？」

我願意這麼做的原因，除了這位來自煙台的老伯是我爸生前的好友、我店裡的常客外，也因為他對我非常的好。說起來這是一種蠻奇特的因緣，我的母親很早就過世了，而這位老伯和小他十一歲的老婆似乎怎麼努力都沒辦法生下小孩，因此在我很小的時候他們簡直就把我當成自己的孩子看待，只差沒有跟我父親提出認養我當乾兒子的想法罷了。

那時我們住在郊外一個叫「銀聯三村」的眷村老社區。所謂眷村，就是很早以前國民黨和共產黨在中國大陸打仗，國民黨打了敗仗，帶了許多人逃到台灣這個小島來，當時的政府為了安置逃難來台的幾十萬人，便在各地蓋了許多這樣的社區。反正時代久遠，後來我們也搬了家，我也不太清楚眷村這回事。總之，在那時候，那個社區裡的孩子們放學後都會在眷村中間附近的一塊廣場像野狗般玩耍，那時我才國小二年級吧？看到有人在廣場上騎單車就很羨慕，無意間把想法透露給伯母知道，沒想到當天晚上，他們夫妻就牽著一輛嶄新的藍色越野車來我家，這讓我被父親唸了好一陣子，也讓我至今在這對老夫婦面前一直心懷感激而抬不起頭來。

「紅燒牛雜怎麼樣？」他問。

我點點頭，沒有作聲，安靜地轉身從壁櫥上拿出一包中筋麵粉，我想既然要做就做個三、四人份吧！於是用量杯倒了四杯麵粉在料理用的玻璃大碗裡，然後打了三顆雞蛋進去，加了三匙鹽，再添加適量的水進去攪拌。麵粉團需要稍微用力搓揉、甩一甩增加麵團的Q勁，在我很小的時候，父親是這樣教我的，他說麵團得花力氣去揉，讓麵團光滑如絲綢；那時候我只當成是父親日常生活中的說教，敷衍地點頭說是，那時誰知道絲綢長什麼樣子。

對於中年以後的我而言，現在殘存於記憶中最初吃到麵疙瘩的印象，是眼前這位阿伯送我越野車不久後的事。當時父親正在揉麵團，我告訴父親我要出門練習騎腳踏車，那時的心情慎重地就像第一天上小學那樣，慢慢地牽著腳踏車跑到廣場上練習。

記得那天是星期日，眷村的廣場上好像沒有任何小孩，安靜地彷彿連陽光灑落在地面上的聲音都聽得到。大概是天氣太熱的關係吧！但男孩本來就應該是火的小孩，應該不畏寒暑出來玩才是。我悶著頭開始練習騎腳踏車。

我自然不是騎腳踏車的天才，就像翹翹板在沒有人的時候通常會往某一邊傾斜那樣，我跌倒了，稍微擦傷了小腿。我沒有哭，大概是因為第一次騎單車的興奮感掩蓋了疼痛，我牽起我的越野車準備繼續騎，但這時卻發現嶄新而發亮的烤漆車身居然有了擦痕，那種心情大概不亞於長大後買了一輛新車正準備開上高速公路，卻發現保險桿不知什麼時候有了刮痕一樣心痛吧！那時我好像還對越野車車身的那道刮痕暗自發誓，我一定要學會騎腳踏車才行。

然後很快地，我又有了第二個摔傷，那是因為廣場上水泥凹凸不平的緣故，我的膝蓋撞上了一顆尖銳的石頭，而右手手掌也在粗糙的地面上摩擦了將近一公尺；

把擦傷的手掌放在眼前看，多年以後我回想起那傷口，大概就像用水彩排筆沾了紅色顏料刷過自己的手掌吧！對一個小男孩來說，那個傷口並不是我小小身體所能夠接受的，我哭了！在空曠無人的廣場，我哭了。但我的哭聲並沒有任何聽眾，大約半小時以後，我安靜下來，稍微作勢虛握的動作，還有點痛，但仍是可以活動的，手肘的地方也有一點點小擦傷，但比起手掌和膝蓋的傷口那不算什麼，腳踝和膝蓋也能稍微活動，不過我不打算練習騎單車了。

我決定牽著腳踏車走回家。

從廣場邊緣越過狹長的草皮，穿過兒童攀爬的鐵欄杆遊戲設施，和一個正被風推動的鞦韆，我沿著廣場邊緣的柏油路走回家，柏油路面因為陽光的曝曬即使隔著拖鞋都覺得有些發燙。我覺得有點沮喪，原來騎腳踏車並沒有那麼愉快，或者更精準地說，騎腳踏車對於不知道怎麼在單車上保持平衡的人來說是一件非常困難的事。

這件事讓國小二年級的我有點受傷，好吧！是非常受傷，不論身體或心靈我都受到了傷害……

我帶著傷往家裡走，那時伯伯和伯母在我們家那個彷彿從歲月夾縫中延伸出來的狹小客廳裡，正與揉著麵團的父親聊天，他們很快就注意到我身上的傷口。嚴峻的爸爸不知為什麼斥責了我一頓，可能是因為我沒有好好珍惜和運用他朋友送給我的禮物而感到憤怒吧？但我已經印象模糊了。我差不多一直保持相同的姿勢站在客廳門口聽他們說話，後來伯伯已經過世了的老婆，那個現在想起來面貌已經模糊但溫柔開朗的伯母牽我出去，帶我重新練習騎單車。

我們改在鞦韆旁邊的草地上練習，因為有遊戲設施的關係，那草地不太大，約三公尺寬、十五公尺長左右，但已經足夠讓我們練習騎單車了；伯母小心翼翼地推著我，我好像重新下了什麼決心似的，用力踩著踏板，讓越野車深紋路的橡膠輪胎輾過柔嫩的青草地。我不確定是不是那一天就已經能夠騎單車超過十五公尺，但我知道我心底非常的滿足。

多年以後再回想起來，我知道伯母在那個早上應該陪我練習騎單車超過有一個小時。為什麼呢？因為那恰好是我父親揉好麵團放入冰箱，讓麵團在冰箱裡「醒麵」發酵的時間。等我和伯母一起回到我家的時候，父親和伯伯正在簡單的廚房裡忙碌著調理麵疙瘩，兩人就像合作無間的戰友、像大學時代聽的那些地下樂團演奏者那樣愉快而有默契，伯伯負責照顧父親先前的那鍋紅燒牛雜，而我父親則隨意撕扯著麵團丟進冒著白色熱氣的大鍋，並且不時用湯杓攪拌煮著麵疙瘩的大鍋。

在我小的時候，不論是牛雜料理或牛肉料理都是相當豪華的料理，據說古代士兵出戰時，將軍總會給小兵吃一頓比較豐盛的食物，讓他們有力氣、有士氣去打仗，而我那天的那碗牛雜麵疙瘩，說不定就是讓我學會騎腳踏車上學的力氣源頭。

父親的紅燒牛雜湯頭非常濃郁，在粗厚、彈牙的麵疙瘩間，香氣逼人的牛雜浮沉在一層不健康但非常美味的油光上，父親習慣燙一小把小白菜和灑上大量蔥花在牛肉麵或麵疙瘩上，翠玉般的顏色也讓原本粗豪的牛肉麵食料理有了纖細的色彩，如果再添加一小匙紅色的辣油，那麼顏色和味道又多增加了更立體的變化。後來，童年的我就一直覺得紅燒牛雜麵疙瘩是給我勇氣的料理之一。

……現在，我剛做好這道帶給我童年勇氣的料理，恭恭敬敬地端給曾經送給童年的我那輛藍色越野車的伯伯。

「嘖，還是沒有你爸爸的那股手勁，這技巧不行啊！」當時正處於壯年的伯伯現在垂著眉毛用筷子夾了一塊麵疙瘩，沒嚼兩口就開始批評。年紀大了，這老人家也就越來越偏執，但這也沒有辦法，就像我們小時候可能都曾立志長大後不要當討厭的大人，但我們每個人幾乎在長大後都成為了自己年幼時口中那個討厭的大人，而總有一天，我們也會變成令人生厭的老公公或老婆婆。

也許我的確沒有父親的烹飪技巧吧？畢竟在我們這個年代，外食的機會太多了，也因此很少練習自己煮飯，甚至也少了練習和家人相聚用餐的機會。繼續聽著老伯批評那紅燒高湯和牛雜的口感，我突然覺得，原本吃飯粗魯隨便而且並非美食家的老伯，之所以會這樣嚴苛地評價我的紅燒牛雜麵疙瘩，只不過是為了彰顯、懷念我的父親，甚至不斷透過語言的堆疊，反覆去追溯那些無法回去的舊時光、老味道。

因為他不可能如此細微地去感受到其中醬油、調味料品牌或用量的差異，或者不同鍋具、爐火所帶來的味道變化，他想批評的只是當下這個時代，並珍惜那已經失去的味道。

我也不得不承認，我所做的這碗紅燒牛雜麵疙瘩，已經不是父親廚房中那碗能夠帶給我勇氣的料理了。

我猶豫要不要把剩下的麵團煮一煮自己吃掉，或者詢問晚餐時間上門的熟客，看他們要不要嚐嚐今日特餐：紅燒牛雜麵疙瘩或者原汁牛肉麵疙瘩之類的，我想總會有人有興趣的。也只有像我這樣的小店，才可能這樣隨著老闆或某人的興致提供菜單沒有的餐點哩！不過即使有人進來我這家小店，不是熟客我也不可能貿然詢問對方要不要點菜單以外的菜色，這樣會給對方這家店的廚師好像有點隨便、太過個性化等負面的刻板印象。

這時候，那個在大雨的夜裡像一隻貓一樣縮在巷子裡淋雨的女孩子周依涵進來了，她今天穿著、打扮比較正式，大概去應徵工作或者實習吧？淡淡的蜜妝讓她的膚質看起來更好，彷彿瓷器娃娃似的，上半身穿著乾淨潔如白雪的白襯衫，配上一條黑色合身的窄裙，健康緊實的美腿套上黑色的絲襪，背著黑色大包包並拎一件黑色套裝外套，看起來就像一個 OL。

不過雖然周依涵她現在穿得非常漂亮，但顯然臉上的表情不太好，那種不太好的表情是類似在運動會的比賽中非常努力地跑步但卻沒有獲得預期名次那樣的沮喪感，而且眼睛顯現出些微疲倦。我有時會因為我們能從對方的眼睛中看見這個人是不是疲倦或者興奮、快樂之類的情緒而感覺非常神奇。

「今天妳還好嗎？」我走出櫃檯為對方倒了一杯熱茶，雖然這個動作對一家平價的牛肉麵館而言實在有些麻煩，但幸好我店裡平日客人最多也不過三十來個，如果一天能為三十個朋友斟茶，這應該是件幸福的事。

「有什麼好的！」她氣鼓鼓地說道：「我在人力銀行寄出去一百多封求職信，到現在只有一家通知我面試，但面試時那個老女人不斷吹毛求疵，說什麼我在學校的社團經驗、打工經驗真的能運用在他們公司嗎？我們是學生，本來就應該學習啊……」

現在的女孩子可能都不像我們那個時代那樣稍微溫柔內斂一點，我們才見第三次面，當我問候她好不好的時候，她竟然如此直率地回答我「有什麼好的！」，這實在不能稱上一個有禮貌的回應。而且她還不知道去應徵工作的時候就不應該把自己當成學生了啊！

不過我想即使我是大學教師，也很難教會現在的孩子懂得禮貌，只得暫時把眼前這個女孩子當成是一般客人來招待，我對她說：「妳別生氣了！先喝杯茶，休息一下吧？即使在我大學剛畢業那時候，找工作也不簡單哩！」

「好像被整個社會和大資本家壓榨了……」她喝了一口茶，然後趴在桌上，把姣好的下巴頂在原木材料的桌面。

「教育雖然是培育一個完整的人，但我們也不得不沮喪地承認，教育可能也是為資本家供給可堪利用的人才罷了……」對於這種情況，我一個小小賣牛肉麵的，除了提出感嘆，也沒什麼餘力改變現況。

「你講得很有道理，啊！你本來就是老師嘛……」她仍趴在桌上，稍微轉動了頭部，仰著頭看我，這種動作讓我覺得她非常可愛，不過她仍氣鼓鼓地嘟著嘴說：「什麼可供利用的人才……我覺得我們好像是路邊賣的那種柳丁、甘蔗什麼的，被嘰嘰嘰地送進壓果汁的機器裡，然後送出靈魂的殘渣出來。」

年輕的女孩誇張地比劃著手勢，很無奈地，我也沒辦法說她的觀點是錯誤的。

「大家現在也只能盡其所能的努力而已噢！」我站在她的身旁，感覺我像回到了國小的美術教室，以一個老師的身份哄不想做勞作的學童動手揑黏土作品那樣。也許老師和牛肉麵店老闆都是服務業哩！

「說得容易噢……」

我突然好奇這小女孩為什麼跑到我的店裡來埋怨應徵工作這件事，我問她：「妳來這附近應徵工作嗎？」我是知道巷子外面的幾條街區高樓大廈林立，很多商業辦公大樓都在附近。

她慵懶地挪動了兩次下巴，權當點頭回應了。

「辛苦了，再喝一杯茶？」我提起桌上的茶壺詢問他。

「嗯。」她推著手捏烘製的茶杯磨過粗糙的桌面移動到茶壺附近，我為她添了半杯茶水，然後她終於抬起頭來，慢慢地再喝了一小口溫茶。看起來像小女孩的她，喝茶的時候卻很好看，有一種端莊的雅致，我想再過幾十年，即使她變成了老婆婆，喝茶大概也會有這樣的動作和神情。

她又喝了幾口茶，然後仰著頭，數著手指悠悠感嘆：「哎，最近生活怎麼樣都不順，應徵工作失利、被男朋友甩了、跟同學因為訂便當的事情吵架、被室友的貓抓傷腳指頭……還有前天手機費用忘了繳被停話。」

「喂、喂，手機費忘了繳這種事是自己的責任吧！」雖然坐在這裡的這個女孩是客人，但身為一個有教育良心的牛肉麵館老闆，還是得好好提醒她應該要像記得定時照料魚缸裡的觀賞魚這樣地好好對自己的生活負責。

「嘻，你這樣說也沒錯啦！」她露出笑容，對我俏皮地吐吐舌頭。我想像她應該是一個常常笑的女孩子，就像台灣南部經常陽光晴朗，但顯然我是在她生命低潮的時候遇見她，因此反倒覺得看到她的笑容有些不習慣。

「今天要吃點什麼嗎？」

她思考了一下，然後拋出這樣的句子：「叔叔，你建議好了……」

「我建議啊……要不要來一碗紅燒牛雜麵疙瘩？」

「麵疙瘩？你店裡的菜單有這一項嗎？」她皺起了眉頭顯得有些疑惑，彷彿疑惑是不是自己的記憶出了問題，她朝我伸手：「給我菜單看看。」

我轉身到櫃檯拿了菜單給她看，顯然菜單上就是沒有麵疙瘩這道麵料理，她並沒有記錯。

我解釋說道，因為之前有一位在童年時候很照顧我的伯伯來店裡吃麵，點了麵疙瘩這一項料理，我多做了一些，所以還有兩、三人份的麵團可以做麵疙瘩。

「你做的麵疙瘩好不好吃啊？」她眼睛一亮問道：「你店裡的麵條都自己做的嗎？」

「不是，是郊區的製麵工廠做的。」

「嘖，真沒意思。」

「吃吃看麵疙瘩吧？」我對她說道：「紅燒牛雜麵疙瘩是童年帶給我勇氣的麵料理之一哦！我在想，說不定是吃了我父親做的這道料理，我才學會騎腳踏車上學的。」

「什麼意思？」

「在我對紅燒牛雜麵疙瘩這道料理最早的印象裡，那是我學騎腳踏車的那天中午，父親和伯伯一起在廚房中忙碌做的料理。」我在腦袋裡重複那天所有能夠掌握或記得的細微情節，像一個翻譯家似地將之轉譯為語言告訴眼前這個女孩子。

我接著說：「最初的時候，我一個人練習騎腳踏車，跌倒了好幾次……後來吃完了麵疙瘩以後，我又一個人去練習，雖然在草地上練習跌倒會比較不痛，但更難保持平衡，也不斷摔跤。」

「一般男孩子學騎腳踏車不都是爸爸扶著腳踏車嗎？」她眨著眼睛問道。

「好像是這樣的沒錯，但也許我爸認為那是我伯伯送給我的禮物，跟他一點關係都沒有噢！」

「你爸是那麼無情的人唷？」

「不是這個樣子，他只是單純忘記了我不是一開始就會騎腳踏車，和我可能希望有人教我騎腳踏車這件事而已。」我為我那過世的父親辯護說道：「他還是對我很好的，煮了豪華好吃的紅燒牛雜麵疙瘩，我吃完以後，繼續練習單車……跌倒了一個下午以後，膝蓋、小腿上的傷口雖然更多了，但我也更熟練地掌握騎單車的方法，後來就很少跌倒了。」

「好吧，那也請給我來一碗紅燒牛雜麵疙瘩好嗎？」

我回到櫃檯後面的料理台，轉了煮麵大鍋瓦斯爐的大火，大約十分鐘的時間裡，我重複那煮麵疙瘩的動作，等到麵疙瘩熟透後，用麵撈撈起並瀝乾水分，放到湯碗裡面。這是很簡單的動作，我只是單純討厭揉麵團花的時間和力氣罷了！

接著用大湯杓舀了幾匙保溫中的紅燒牛肉高湯到碗裡，我額外多給了這個面試失利的女孩一些牛雜，希望這碗紅燒牛雜麵疙瘩也能帶給她類似學騎腳踏車不怕跌倒的勇氣。

女孩吃得很慢，彷彿咀嚼人生那樣地吃著她眼前的那碗麵疙瘩，但她這次連湯都喝完了。

她喝完湯的時候，我正拿一塊白色抹布擦拭櫃檯後面放砧板的桌面，我看她抽了張桌上的面紙輕輕擦拭嘴巴，然後拿起手機打電話出去，無意間聽到她講電話：

「媽……我面試結束了……沒有……面試的情況不太好，應該不會上……沒關係！放心啦！我會繼續加油找工作噢！」

牛肉麵的
幸福滋味

篇四　番茄牛肉麵

番茄牛肉麵也是店裡很受歡迎的口味之一。

番茄這種食材，如果越了解它的話會越覺得番茄很特別，它的特別不只因為它身為一種蔬菜卻經常被誤認為水果，更在於番茄的味道只有搭配其他食材（尤其肉類料理）才能顯現出它最棒的味道。在我認識的人中，有些人雖然極討厭番茄的味道，卻經常吃茄汁義大利麵，就是這個道理。

番茄和牛肉麵的味道亦相當契合，我一直覺得番茄可以引發出牛肉的纖細味道，番茄適當的甜味及黏稠的口感能夠使得牛肉塊那種粗獷的口感更顯得甘甜美味。

對於一般不諳廚藝的家庭主婦或者沒有很用心在煮牛肉麵的麵店師傅，在煮牛肉麵的時候很容易讓牛肉麵的湯頭太鹹或醬油味太重；可是如果煮番茄牛肉麵的話，只要不把番茄的份量加得太多，變成羅宋湯或番茄湯之類的，很容易就有那種好吃得連舌頭也想吞進去的感覺。

蕃茄牛肉麵

最初有關吃番茄牛肉麵的印象應該是在我國小四年級的時候，鄰居的婆婆送了一大袋牛番茄給我們，那時我爸爸對於我的早餐都相當隨便地應付，有時候一根香蕉、一顆橘子就當作我的早餐，因此我很擔心要啃青澀而且帶著一點點塑膠味道的番茄好長一陣子。

但沒想到，父親卻是叫我幫忙把所有的番茄在院子裡的水龍頭底下沖洗乾淨，然後裝在塑膠籃裡拿給他；接著，他在我們家後面陰暗得有些憂鬱的狹小廚房把洗乾淨的番茄切去蒂頭，放進沸騰的大鍋裡煮了兩分鐘左右，等到番茄的皮和番茄肉分離的時候，馬上撈起來沖涼，將番茄皮徹底撥開，然後把番茄對切成兩半。他這樣叫我：「喂！小邗，去拿湯匙把番茄籽挖乾淨，然後切成小塊丁狀。」

我爸這樣吩咐完後，再煮了一鍋牛肉高湯，趁著用中小火燜煮牛肉高湯時，他就自己去看電視了。等到當時年紀還很小的我滿頭大汗地處理完番茄，把番茄切成丁塊狀後，爸爸叫我把番茄丁放進煮好的牛肉高湯裡面，繼續用小火燜煮二十分鐘。

如果說童年的時光中，有什麼氣味對我而言是最深刻的印象，大概就是這種牛肉湯的味道吧？

爸爸不一定每次都會在狹小低矮廚房裡等著牛肉高湯煮好，他有時也會吩咐我去處理類似弄番茄這樣的瑣事，因此在我很小的時候，我就懂得如何去料理一鍋牛肉高湯了。

那時候在眷村裡面，每戶人家都相熟，彼此間也經常走動一起吃飯，我記得那時住在巷尾有一個現在想起來微笑像糖果一樣甜的小女孩，我可能私底下有偷偷地暗戀她吧？她們家都很喜歡吃我爸爸煮的番茄牛肉麵。有一次下雨天的時候，我爸煮好一鍋番茄牛肉湯，打電話叫他們來拿，那時後我小學五年級，她三年級吧？瘦瘦小小的她拿著一把黑色雨傘到我家，黑色雨傘把她的皮膚襯托得更白晰了，綁著馬尾的頭髮和肩膀上還有一些雨漬。

我爸爸皺著眉頭看著她：「這一鍋至少十升，妳拿得動嗎？」

「我會拿、我會拿……」雖然好像是被媽媽命令過來拿的，但小女孩非常倔強，咬著牙說道。說著說著，可能眼睛浮上了一層不甘心的淚水。

「小邗，你幫她拿過去。」我爸吆喝了我一聲。

小女孩幫我撐傘，我走在她身邊，在雨中，聽著滴滴答答的雨聲落在小巷，落在鄰居的水泥牆上，落在每戶人家院子裡的盆栽，以及小巷人家的屋簷上。那時已經忘記她跟我講些什麼了，大概是用很清脆甜膩的聲音跟我道謝。

雖然那樣的感情也許不算是愛情，但我有時想到那時的經驗，仍會讓臉上的表情好像變得溫柔那樣。

清洗完菜販送來的番茄，我俐落地切開番茄的蒂頭。我煮的番茄牛肉麵稍微比父親講究一點，我用兩種番茄來熬湯，分別是牛番茄和黑柿番茄，原因是牛番茄能夠煮很久都不會爛掉，看起來會比較有視覺上的享受，黑柿番茄則能讓高湯黏稠和增加甜味，這是我後來比較過的結果。雖然我經營這家牛肉麵店的原因是由於父親曾經快樂地在小冊子上計畫這樣的夢想，但如果我來經營的話，爸爸他多少會樂意見到我能夠有自己的想法而不是一陳不變地繼承他的味道吧？就像每個人都希望自己的小孩比自己更傑出那樣，沒有人願意自己的小孩完全是自己的複製品。關於味道，我想也是同樣一回事。

我在想著這檔事的時候，周依涵那女孩像一頭春天裡活蹦亂跳的小山羊般地跑進來。

「茶！」周依涵氣呼呼地彷彿我招惹她似的，伸手跟我要茶。

「是……來到這裡客人都可以有熱茶招待。」雖然小店沒有什麼客人，但好歹經營了幾年，也遇過許多更不禮貌的客人。我和氣地為她送上一杯熱茶。

周依涵捧著茶杯，雙手手心緊貼著手捏的陶杯感受熱茶的溫度，心情稍微緩和了下來，連帶表情也放鬆、美麗起來。

「發生什麼事了嗎？」由於生意太清閒的關係，本店的熟客不管是誰都能享受到老闆我的招呼，可能像學校輔導室老師那樣跟學生輕鬆聊天，輔導一些旁人看起來微不足道的煩惱，當然我是沒有受過輔導教育的，頂多為了考教師甄試時讀了相關的書籍罷了。

「呼，別說了！講到這個我就生氣。」周依涵似乎是一個個性相當活潑的女孩子，因此一有情緒就會立刻表現出來，她臉上的表情就像溫度計一樣，此刻溫度又開始上升。

「多喝茶。」我也不著急，又拿起茶壺為她斟了杯茶。

「我同學那個陳瑩瑩死賤人，她竟然找到工作了，成績比我差、長得也沒我好看、也沒有參加什麼社團，憑什麼她可以找到工作⋯⋯現在她可趾高氣揚的很⋯⋯

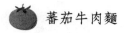

在網路上高調慶祝，到處宣傳⋯⋯」果然沒五秒鐘，周依涵就嘰哩呱啦地把事情原委講出來。

「每一個朋友都很重要，有時候朋友比自己有成就，但就像運動會比賽賽跑一樣，這次對方贏了，不代表妳下次還會輸，彼此關心，互相學習，才會一起進步啊！」這種話好像學校老師會安慰、鼓勵學生用的，聽起來的確可以說是很表面、很形式的那種冠冕堂皇的言論，不過事實上不管從現象或本質來說，這段話都無可挑剔。

「你說得簡單，可是我看到她那個樣子就不高興。」周依涵像孩子般地嘟著嘴，然後重重吐口氣。

我突然想笑了。我想笑的時候就會笑出來，就像心情傳達給頭腦，然後某個部分的生物電流刺激臉部控制微笑的神經，接著看起來像微笑的表情就自然出現在我的臉上了。

「喂，大叔，你笑什麼？」

「我在想在我比較年輕的時候，差不多妳這個年紀時也曾經發生過這樣的事。」

「什麼樣的事？」周依涵眨眨眼睛，露出像兔子好奇春天來了沒而探出洞穴的表情。

那時候我大學剛畢業，臉上的肌膚不像現在那麼鬆弛，也比較瘦了一點，可是比現在更有精神，立志要在學校裡當一個好老師，那時自認即使教書只有最低基本工資，也要好好為國家社會培養優秀的孩子。從小，我就很喜歡跟老師說話，而且眷村裡也住了不少老師，在這樣的環境下長大，大學也修了初等教育學程，再加上我的美術作品不論在校內或校外都曾經獲獎，因此我幾乎以為自己會是一個很棒的美術老師。

我和全班術科成績一直是倒數幾名的同學一起去南部考教師甄試，那是一個幾百個老師一起競爭的場合。沒想到成績公布的時候，他和另一個我不認識的考生錄取了，我名落孫山……

這對我的打擊非常大，那天下午，我一個人在淡水河邊徘徊，踢著人行道上的石頭，河面上的風獵獵吹拂我的頭髮和衣領，我覺得很難過，過去的光榮或者種種藝術上的一點小成就好像都從記憶裡被挖空了一樣，就像那天淡水河口跟海之間的廣漠空間——虛無。

我打電話給當時的女朋友，也就是後來變成我老婆又離婚帶著小孩到日本旅居的那個人。我前妻叫陳慧靜，是一個性格比較積極冒險的人，如果比喻起來，可能就像大航海時代故事裡可愛的女海盜吧（如果真的有女海盜這類人物……）。

她原本就不想當老師，所以大學時就在信義區一家知名的設計公司打工，早已有了不錯的口碑，大學一畢業就被找進了那家公司上班，起薪比當時一般大學畢業生多了很多。

我打電話給她的時候，她沒有接。半個小時後她回電話給我：「邗，抱歉！剛剛在開會，什麼事嗎？」她的聲音聽起來有些疲倦。

「妳的聲音聽起來不太好。」我說。

她笑了，然後說：「我剛剛在開會時被其他部門的修理了一頓。你呢？你的聲音聽起來也不好。」

「剛剛南部的教師甄試放榜了，我沒有考上。」

「沒關係，本來教師甄試就很難考的，那跟你去的那個同學應該也沒上吧？」她講了那一位同學的名字。

我對著風聲急促的淡水河口嘆了口氣，沉默幾秒後才說：「他考上了。錄取兩個美術老師，一個是他，另一個好像是在南部讀書的女孩子，我不認識。」

「真奇怪？在學校的時候你明明比他優秀很多。」

「我也這樣覺得，他術科成績很差，學科和教育學程的成績也普通而已。板書的字也不好看……」

「算了，他也有他的優點吧！」她轉過頭去跟同事不知道講了什麼話，然後才回過頭來繼續講電話，問我：「晚上一起去東區吃個飯？」

「哪一家？常去的那一家嗎？」

「我想請你吃牛肉麵，好吃的牛肉麵噢！我同事琳姊介紹我去吃的。你記一下地址……」電話中傳來她移動椅子底下滾輪和開抽屜的聲音，我想像她在抽屜裡拿出了一張牛肉麵店家的名片，然後告訴我拿紙筆抄下地址。

「等一下……嗯，好，我抄下來了。」

「那就六點半見。」

晚上我們約在那家牛肉麵店碰面。反正我是一個待業者，平常只跟學長、學姊接美術設計的工作，時間多得很，因此我六點左右就找到了那家店。那家店提供免費的紅茶，我喝了三杯左右，當我正打算喝第四杯的時候，陳慧靜她穿著白色窄裙套裝踩著白色高跟鞋匆匆忙忙走進店裡。

「對不起，等很久了吧？」

「沒有，我知道你工作忙。」看著陳慧靜姣好的臉龐和疲憊的神情，我突然心底有一種陰影，就像風雨來臨時烏雲的擴大那樣。我們已經不是一起讀書的大學生了喲！她在設計公司工作，而我是一個準備考老師的待業者，不管我一、兩年內會不會考上老師，我們的生活背景差異非常地大，我們是不是能夠繼續相處下去，能夠有共同的未來呢？

我把我的隱憂告訴了她。

她開朗地笑了出來，只罵了一句：「傻瓜。」

那時的她主動代我點餐，點了兩碗大碗的番茄牛肉麵，然後她像分享什麼祕密地低頭小聲告訴我：「琳姊說，番茄牛肉麵最好吃！」

琳姊是很照顧陳慧靜的人，那時的她約三十歲左右，還沒有結婚，感覺起來琳姊不管公事或私事都和我的前妻相處非常融洽，但我唯一一次見到琳姊是我們結婚的時候。不管怎麼樣，我們安靜地等待店家把牛肉麵送到我們面前來。

牛肉麵很快送來了，是看起來很豪華的牛肉麵。肉大塊，番茄也相當大片，而且顏色鮮紅，從視覺上來看就是一碗非常吸引人的牛肉麵。我用筷子挑動牛肉，覆蓋在牛肉下方的麵條是粗麵條，感覺吸收了不少渾厚味道的湯汁。

陳慧靜告訴我：「琳姊說，番茄和牛肉的味道最搭了！就像我們人需要不一樣的朋友。如果整碗牛肉麵都是滿滿的牛肉，反而會覺得噁心。可是很普通的番茄卻能夠搭配牛肉的味道，更顯得鮮甜。所以……我們那同學大概是番茄吧？需要去搭配什麼。」她笑得極甜，讓我一整天下來的不愉快都煙消雲散了。

「這比喻非常生動。」從小時候吃番茄牛肉麵到長大，我第一次聽到這樣的說法。

「我在想，如果用番茄牛肉麵裡的番茄和牛肉來比喻我們，誰是番茄哩？」

「肯定我是番茄吧。」我訕笑。

「我才是番茄呢！我的油畫又畫得沒有你好，你常得獎噢！」

「可是妳的膠彩畫很棒啊！又有不錯的工作……」

她逐漸收斂起笑容，用筷子夾起幾根麵條細細品嚐，然後才認真地，一個字、一個字慢慢說道：「邗，我希望你是我生命中的主角，就像牛肉麵裡的牛肉塊一樣……」

我對趴在桌上非常慵懶地聽著我說故事的年輕女孩周依涵擺擺手，說道：「故事就說到這裡啦……」

「然後呢？」

「重點是，她告訴我番茄牛肉麵的比喻，也許我們生命中也有比自己差的朋友，但不論如何，他都會讓自己的生命多了一些滋味，我想妳能夠認同……」

「好像能夠理解一點了噢！」她嘟著嘴點點頭，好像是一個勉強接受老師說法的中學生。

「要不要吃番茄牛肉麵？我正準備煮新的高湯……」

「好，我好餓哦！我今天要吃番茄牛肉麵。」周依涵高舉著手彷彿振奮起精神來。

「不過我還沒煮哩！妳得再等一百二十分鐘。」

「啊，怎麼這個樣子……」

牛肉麵的
幸福滋味

篇五　清蒸牛腩烏龍麵

今天店裡難得來了很多客人，是一個中年上班族的常客帶來的客人，那個上班族在附近的公司上班，是一家跨國貿易公司，主要進口可以密封瓶子的蓋子、封口紙或者是密封糖果、藥品的包裝，今天聽說他們簽成了一家美洲封口紙製造商的合約，每個人都非常開心，此刻就像童話故事裡開宴會慶祝什麼似的小矮人那樣帶給店裡溫馨、熱鬧的氣氛。我不太清楚這樣可以帶給他們多少利潤，但他們來到這裡確實帶給我不少利潤。

不知道從何時開始，來我店裡吃清蒸牛腩烏龍麵變成常客們慶祝好事情或期待好事情發生的一種儀式，可能是因為我跟附近某個出版社上班的編輯小姐說了一段有關我的故事後，他們彼此把故事流傳成其他我不知道的版本，最後就演變成了一種祈願的習俗，這有點像到廟裡去拜拜和還願的一個宗教儀式似的。

好幾天沒出現的周依涵今天也來了。她把頭髮用一條紫色的髮圈束成馬尾，穿著棉質的白色上衣、藍色的牛仔褲、粉紅色的球鞋，藍色的牛仔褲洗得非常乾淨，有些泛白，至於球鞋看起來則像新的，一點點汙漬的痕跡都看不到；總之，看起來非常有青春活力，的確還像個大學生的樣子。她走進店內時，看到我的店裡突然出現那麼多人，先是探頭出去看了一下店門口的招牌確認自己沒有走錯地方，然後她將美麗的臉朝著櫃檯後面忙碌的我拋出了一個疑惑的表情。

她彷彿每一個腳步都帶著猶疑地走到櫃檯前面來，我正忙碌著送出最後四碗清燉牛腩烏龍麵。把麵端到客人桌上後，她仍歪著頭看我，嘴巴微微張開，安靜地指著那些客人，用耳語般的聲音對我說：「今天發生了什麼事？好多客人啊！」

「常客的部門來慶祝簽了一筆合約。」

周依涵表示理解地用力點頭，那動作就像孩子似的。她在櫃檯前那很少人坐過的椅子上坐了下來，轉頭看那群占據了三張併桌的客人，他們清一色都點同樣的烏龍麵。

「他們公司是用烏龍麵來慶祝嗎？還是因為你懶得一下子煮不同口味的牛肉麵，所以叫他們都點一樣的？」周依涵露出一個表示理解的頑皮笑容。

「在我的店裡，清燉牛腩烏龍麵是期待和慶祝好事的一種食物噢！」

「咦？我怎麼不知道這回事？為什麼？」周依涵睜大眼睛著我，彷彿要從我的表情中找到答案。

「這起源於好幾年前，我和附近經常來吃麵的出版社編輯聊到關於我的故事……」

「什麼故事？」周依涵仰頭看著我，清澈的眼睛彷彿伸出熊寶寶的雙手那樣亂揮，想要從我的喉嚨裡抓出她想要聽的故事。

在好幾年前，那想起來好像是陽光晶瑩透明如黃水晶似地，讓那時的空間在記憶裡凝結；或者換個說法，那時的情景就像被裝進琥珀製成的墜子懸掛在胸前那樣，即使經歷了這麼久的時間，那個情景還是在心頭彷彿歷歷在目。

在我大學畢業的第二年，陳慧靜升上了公司裡小組長的職位，幾天後，我的名字也在北部聯招的教師甄試榜單上出現了。我在網路上發現自己的名字後，很高興地打電話給她。

大概十幾秒鐘後，我們通了電話。

她的聲音聽起來比她告訴我她升職的時候更加開心，就好像全世界與「快樂」有關係的抽象氛圍都凝聚在她說話的那幾個音節，讓我以為可以透過手去觸摸到聲音所傳達的快樂。

「真的嗎？那真是太好了，我們一起去吃日式料理慶祝吧！」

「不要太貴的。」自從陳慧靜升了職，薪水也更多了，但我還是一樣，偶爾接學長、學姊的美術設計案子，也依靠家裡的生活費補貼；加上她經常加班，跟同事或客戶吃飯，而我忙著讀書，通常都以便當或泡麵果腹——見面的時間少和用餐常態的變化，我們的飲食習慣已有了很大的差異。

「好，不會太貴的，我請你。」

「這次我想請妳。」

她應該感覺得出我的語氣有點堅定，所以很快地答應了，就約在我們曾經去吃過的一家日式料理店附近的捷運站。因為她工作的時間拉長了，所以我們約在晚上七點左右見面。

那天天氣突然變得有點冷，見面前半小時左右下了雨。她穿深褐色的長裙和橄欖綠色的絲質襯衫，外面搭了一件粉紅色的長大衣從捷運站地下道走出來；我穿著橘色防風外套、牛仔褲，把手插在外套口袋裡等她。因為我們已經交往了一陣子，所以只是彼此點個頭，用眼睛向對方示意，然後就一起並肩朝那家料理店走過去。

我們都把手插在口袋，因此如果不是我們靠得極近，而且持續朝同一個方向走，感覺起來就像一對陌生人那樣。

但其實我知道，她在心裡正為了我考上教職而非常高興，因為走沒幾步路，她就拉拉我的衣袖，像詢問祕密般地用耳語的方式問我：「怎麼樣？今天心情不錯吧？有沒有跟你爸講了？」

「嗯。有啊！已經打電話跟他講了。」

「你是先打電話給我，還是打電話給他？」陳慧靜的神色有些警戒起來，甚至稍微嘟起了嘴巴。

「當然先打給妳。」我說。

「那就好。」她說。

我們走在潮濕的人行道上，她穿高跟鞋而我穿厚底的靴子，因此走路時鞋底在人行道上發出頻率和高低不同的聲音，好像二重奏那樣，雖然旋律的確比不上真正的音樂，但現在想起來那的確是一種非常幸福的聲音。

雖然從捷運站到那家日式料理店的路程是不可能縮短或變長的，可是因為我們非常快樂的關係，所以感覺路途好像變短了，這或許跟我們走路的步伐因雀躍而加快了速度有關吧？反正我們好像比平常還快就從捷運站走到那家餐廳。

那家日式餐廳從外觀看起來是砌著白色石板的一層樓建築，溫暖的黃色燈光從正對馬路的大片玻璃窗透出來，讓人感覺到一種溫馨而愉悅的氣氛，推開木質門框的玻璃門，門背後的鈴鐺彷彿什麼節日到來而歡樂地響著，然後餐廳裡的服務生抬起頭注視推開門的我們，非常有精神地用日語說歡迎光臨。

店裡的擺設以簡單乾淨的風格為主，白色木頭和米色布料的裝飾營造出一種令人可以放鬆的用餐環境，除了掛燈外，處處可見立燈像托住誰的溫柔那樣，把光明留在坐下後剛好可以看到的高度。我和她都很喜歡這樣的用餐環境。

那天我心理有一件很重要的事，因此，當服務生送來圖文並茂的菜單時，我沒有仔細看就點了第三頁第一項的清燉牛腩烏龍麵。陳慧靜對我點了這道食物露出有點訝異的表情，因為我曾經批評過這家日式料理店的清燉牛腩烏龍麵不夠道地，只要品嚐過它的湯就會發現，那只是普通台灣牛肉麵店的清燉牛肉高湯而已，而且還有非常濃的雞湯粉味道。陳慧靜知道，因為我爸爸擅長煮牛肉麵，所以我對於牛肉湯的味道有些挑剔，但我今天卻反常地點了這一道我曾經抱怨連連的食物。

「我也來一碗清燉牛腩烏龍麵。」她輕輕舉起手對女服務生說道。

服務生恭敬地收走了我們面前的菜單，然後送來兩杯開水。在空蕩蕩只有餐具和餐巾紙的桌上，她舉起水杯向我道賀：「恭喜你考上教師甄試。」

「謝謝、謝謝妳……」我說話有點口吃。平常我雖然不是一個話多的人，但需要講話的時候一定能侃侃而談，畢竟我是立志要當老師的人，因此即使是站在講台上面對一、兩百人的場合，我還是能夠好好說話，這大概是一種練習出來的天分吧！但這種在公共場合說話的形式，其實和兩個人對話的方式是有些差異的，就像我們沒辦法把情人當成學生這樣教導；不過在平常的時候，我們倆都能非常愉快地對話，即使在雙方非常疲倦的時候，只要聽到對方的聲音，就像聽到某種「必須愉快起來」的咒語那樣，兩個人就會立刻開心起來。

但是今天不一樣……

今天有什麼不一樣呢？今天是我考上教師甄試的日子，我不太清楚學長、學姊們或者我的同學考上教師甄試時是什麼樣的心情，但至少現在用「快樂」來形容我的情緒好像不太夠，而且太過平凡了；如果說「非常快樂」，或許還可以勉強地稍微把我的情緒表現出來，因為大部分修教育學程的大學畢業生似乎都是為了「考上教甄」的目的而呼吸、心跳或者進食之類的，總之一旦達到這樣的目的，以往的不愉快或辛苦彷彿就像播放地獄畫面的電視機突然被關掉一樣，一切都解脫了。

但我知道，其實並不只如此。

當綁著褐色馬尾，穿著白制服，看起來像小天使的女服務生端著兩碗清燉牛腩烏龍麵走過來，然後把非常清淡、湯上漂浮著青江菜的烏龍麵放下，並說聲請慢用再離開後。我吞吞吐吐地彷彿真的口吃似的說。

「我、我……」

「有什麼祕密不敢說出來？」陳慧靜皺了一下眉頭，我不得不承認她皺眉頭的時候非常好看，有一種知性的美感。可是我不喜歡她常常皺眉頭就是了。如果可能的話，我希望她天天神采飛揚、精神愉悅；但由於她工作時間非常長的關係，當她下班或放假時，通常都會是無精打采喊累的時候。

「我想跟妳求婚……呃，我想請妳嫁給我。」我好不容易吐出這樣的話。那些字就好像魚骨頭哽在我的喉嚨非常久，終於有機會讓我這樣傾吐出來。

陳慧靜臉上先是錯愕，然後迅速堆疊成一個非常甜蜜的笑容，她用力點頭說好。

「我想我們可以結婚……就是說想請妳嫁給我的意思……」我還在笨拙地解釋我的想法。

「我答應你了啦！」陳慧靜打斷我的話，又輕皺起眉卻甜蜜微笑，彷彿欣賞我的笨拙似的。

「真的嗎？那太好了……」我鬆了口氣，彷彿一隻肥胖壯碩的大象把全身所有的肌肉都傾吐出來，瘦成一隻小小的老鼠似的。因為我們的工作差異和薪水高低的關係，雖然我以為我們相愛，但我真的沒有把握對方會答應我的求婚。

而這時陳慧靜盯著我們眼前的那兩碗清燉牛腩烏龍麵，然後抬頭不解地皺眉對我問說：「你為什麼要選擇這個地方，又點你平常批評最多的烏龍麵來跟我求婚？你應該點高級一點的料理啊！」

「因為妳先選定了這個地方。然後我非常緊張……腦筋一片空白，所以選了清燉牛腩烏龍麵。」我有點尷尬地笑了。

「你為什麼那麼緊張，我是很愛你的噢！」她說。

「可是妳長時間在公司上班，我們相聚的機會越來越少，我不確定妳是不是真的很喜歡我……」

「笨蛋！」她表情顯得非常甜蜜地罵我。

「從今天開始，我會喜歡吃這一家餐廳的清燉牛腩烏龍麵，每次來都點這個食物。」我有點語無倫次地說道。

「別這樣折磨自己，一直吃自己不喜歡的食物。」

「但我是點了這道料理跟妳求婚成功的啊！」

陳慧靜笑著皺眉搖頭沒有說話，但緊閉著的嘴巴充滿笑意。

吃完不太好吃的清燉牛腩烏龍麵以後，我們牽著手一起在台北的人行道上散步。人行道上潮濕的雨漬差不多乾了一半，空氣顯得比平常乾淨許多，雖然城市裡那些高樓建築割據的天空看不到星星，但我們以為彼此就是對方的星光，就像北極星或什麼引導方位的星座那樣，引導彼此人生的方向。

後來，我去小學任教了，在小學附近租了一間小套房，經常用電磁爐煮家傳口味的清燉牛腩烏龍麵和我的未婚妻一起品嚐。說是家傳口味的清燉牛腩烏龍麵，但高湯卻是我自己好好改良過的，用川芎、當歸、桂枝、甘草等中藥材來熬煮，並且精選比較好的牛腩、牛雜加上牛後腿骨來熬煮湯料。通常我們在週日中午吃我自己煮的牛肉麵，然後如果我一個人的話，整鍋高湯大概可以吃上三天，高湯不但可以煮麵吃，也能當作吃便當的配湯，或者忙碌時直接用電鍋煮白飯再淋上清燉的牛肉高湯也非常好吃。

總之，我以為清燉牛腩烏龍麵是幸福的味道。即使後來我和陳慧靜的感情生變以致於離婚，但那時候的幸福記憶，彷彿一伸手仍然可以觸摸得到。

後來，我剛開牛肉麵店不久，在一次與那位出版社編輯小姐偶然的聊天中，我把這件事告訴了她，接著，這件事就在附近饕客的口中流傳開來，變成了祈福和慶祝的一種味道。

「哦，嗯……原來如此。」周依涵手肘放在櫃檯上面，撐著自己的臉頰猛點頭，然後她轉頭又看了那一群正熱烈吃著麵的上班族。區區一碗清燉牛腩烏龍麵，對那些上班族們來說實在不能算是正式的慶功宴，因此他們正在商議等下要去哪邊喝酒續攤。

「好！我決定了！我要找到工作……請給我來碗清燉牛腩烏龍麵。希望我明天面試一定會被錄取！」周依涵雙手高舉握拳，朝著我大聲地點餐。

篇六　泡菜牛肉麵

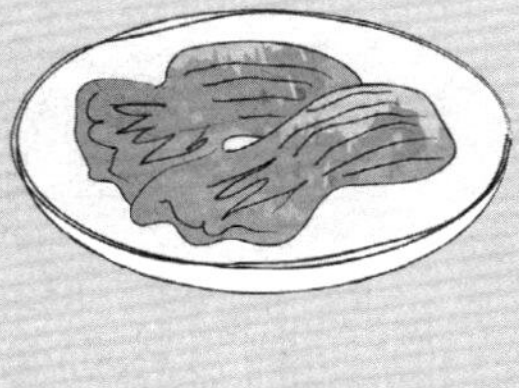

下午四點左右，宅配的先生把貨車停在巷口，扛著一大箱沉重的東西放在店門前嚷嚷我的名字：「黃君邗，有你的包裹噢！」

右手接過宅配先生遞來的原子筆，隨手在宅配單塗鴉一個看起來像我名字的鬼畫符，然後把箱子抱進店裡的廚房。

我知道是誰寄來的包裹，是一個住在淡水的老婆婆寄來的。每隔一陣子我會用轉帳的方式跟她買泡菜，她自己醃製的泡菜非常柔軟入味，酸酸辣辣的口感和原汁牛肉麵的高湯味道異樣地非常契合；打個比方，就像古代羅馬人在建築工程上，利用石灰和火山灰這兩種不同的東西製造出建築史上非常穩固的膠結性水泥材料那樣，那個淡水老婆婆親手製作的泡菜和我的牛肉麵彼此間，確實好比構成水泥的兩種成分那般契合。

但這個製作傳奇泡菜的老婆婆並不是經常製作泡菜賣給我，我想可能是因為年老力衰或者家庭的緣故吧？如果再更具有想像力一點，也可以設想是因為她製作傳奇泡菜需要特殊的材料，例如用盈滿四十九天月光的泉水來澆渥的高麗菜，或者需要連續一個月的祈禱才能讓泡菜變得美味的魔法。

總之，我沒有辦法定期跟她訂購泡菜，當她有美味的泡菜想要賣給我的時候，她會自己打電話來。然後我就會像這樣把她寄來的泡菜搬進廚房，再在店裡牆上的價目表上掛出「泡菜牛肉麵」的牌子。這是店裡經常性的隱藏菜單之一。

我站在一張椅子上掛起隱藏的「泡菜牛肉麵」菜單，還沒從椅子上跳下，周依涵就已像春天小鳥般飛了進來。她穿著一件鵝黃色像陽光似的服裝，及膝的格子裙，裙擺有些細碎的流蘇，她歪著頭看我站在椅子上。

「生意不好的牛肉麵館老闆，有在沒人時站在椅子上的嗜好嗎？」她問。

「這不是嗜好而是一種習慣，可以從不同高度的視野去思考某些問題。」我開玩笑似地回答她，然後左手拍拍牆上的菜單解釋說道：「我剛剛掛上新的菜單。」

「新的菜單，啊？泡菜牛肉麵。你剛剛研發出來的菜色嗎？」

「不是。這是偶爾供應的隱藏版菜單噢！只有某些時期才會有。」我重新踏上地面，然後用抹布擦了擦那張被我踩過的椅子，繞到廚房裡面去洗手，並依照每個來店裡的客人都有的待遇，我為周依涵倒了一杯茶。

「隱藏版菜單？啊，好奸詐，好像集點收集什麼隱藏版禮物一樣，為什麼賣牛肉麵的也要來這招啊？」周依涵坐在她經常坐的那張餐桌前，優雅如淑女般喝茶，但講話的語調仍不脫她那種活潑、陽光的氣氛。她說話的時候好像滿屋子都可以看到陽光似的。

我告訴她我會依照心情，偶爾在每個月的其中幾天會有比較特別的牛肉麵菜單，例如「豆皮牛肉細粉」、「油豆腐牛肉麵」、「新疆孜然牛肉麵」、「紅燒牛肉貓耳朵」之類的，但「泡菜牛肉麵」則是依照店內有沒有泡菜才決定會不會賣這項菜式。

其實煮泡菜牛肉麵並不特別麻煩，它的湯底是原汁牛肉高湯，也就是說，基本烹飪方式就跟煮原汁牛肉麵一樣。把手工寬麵條放進滾水中煮五到七分鐘，等麵熟了以後，撈起瀝乾水分放進麵碗裡，然後把適量的老婆婆傳奇泡菜放在麵條上，淋上原汁高湯和放進牛肉塊就完成了。只不過就像幸福無法被要求，而是偶然出現那樣，我沒辦法向老婆婆要求穩定的泡菜供應量而已。

「你怎麼會開始跟那個老婆婆訂購泡菜呢？」她問。

「這條巷子走出去是很多辦公大樓的商業區吧。」我彷彿用完全不相關的答案回答她。

在很久以前某天下午一點多的時候，一個將滿頭銀髮整齊綁在後腦杓的老婆婆穿著灰色厚外套出現在店裡，她穿得非常樸素，外套裡是紫色底的碎花衣服，藍色的棉布長褲，黑色的老式布鞋，總之，是一個絕對和這個街區格格不入的老人家。她像幽靈一樣飄進我的店裡，非常沉默，滿臉皺紋的臉上黯淡地幾乎沒有任何表情，像一截枯木那樣，但如果仔細觀察，她沉默如木頭的五官似乎正在唉聲嘆氣。

她把一個藍色花布的包包放在桌上，而我送上的一杯熱茶則被擱在一旁，對她來說那彷彿是跟她無關的事物。

反正店裡沒有其他客人，我拉了一張椅子在老人家面前坐下來，小心翼翼地詢問她：「妳看起來好像有什麼困難的事？」

「沒什麼。」

她沉默地像是好不容易才勉強自己張開嘴巴的雕像。

我詢問了幾次，她才說，自己是從淡水過來看女兒的。女兒在這附近工作，也住在公司附近，她不會搭捷運，因此久久才搭公車到市區來看女兒一趟；今天她帶了親手醃製的泡菜想要給女兒嚐，但女兒的公司中午開會，所以她一直等到下午一點以後才看到匆匆忙忙從會議室走出來的女兒。

「她走路很急，臉上非常疲倦的樣子，看到我的時候很驚訝，然後就有點生氣對我說：『媽，妳怎麼來這裡？』」老婆婆說道：「我雙手把這個裝泡菜罐的布包遞給她，說：『妳好久沒回家吃媽媽的菜了，今天給妳帶點泡菜來，這樣即使妳沒回家，也能夠嚐到媽媽的味道。』」

我心想老婆婆她女兒可能很不高興地拒絕了吧，因此老婆婆才會用這樣的表情，呆若木雞地提著泡菜來到我的店裡。果然，老婆婆緊閉嘴巴半晌後才繼續開口說，她女兒很生氣，因為她都在外面吃飯，根本沒有時間吃泡菜，而且覺得媽媽這樣突然跑到公司裡來讓她覺得很丟臉。

「孩子年紀大了，總需要有自己的空間。」我安慰老婆婆說道。

「可是我特地從淡水搭很久的公車來的啊！」

「這附近房價貴，她租的房間可能不大，不方便自己煮飯來搭配泡菜的。」

「可是我特地從淡水搭很久的公車來的啊！」

老婆婆非常固執地重複敘述她大老遠從淡水搭公車來到這裡，並且絮絮地唸道她如何起了一大早，如何從大的泡菜甕裡挖出泡菜放進玻璃罐子裡，如何小心翼翼地用報紙包裹起來，最後綁上藍色布巾提到公車站牌等公車；在一路上搖搖晃晃的公車抵達市區前，每一站都有很多人等著上車，沒有人讓座，他一個小老太婆如何拉著吊環很難受地被擠來擠去，最後好不容易才下了車，離開那氣悶如把自己套進塑膠袋裡、令人快窒息的密閉空間；在女兒的公司等了很久，千辛萬苦才看到女兒，沒想到女兒這麼不孝……

於是我放棄安慰老婆婆，改詢問她要吃什麼麵。

她的目光在牆上的價目表上遊移很久，我猜她想點最便宜的「沙茶牛肉乾拌麵」，因為視線在那邊停留了好一陣子，但最後，她臉上帶著好像要決定賣房子這種大事似的表情，語氣卻異常平淡地點菜說道：「我要一碗原汁牛肉麵。」

因為跟我的預測有所出入，我覺得有些訝異，但我仍然輕快地應聲好，然後轉身到櫃檯後的廚房烹飪老婆婆點的料理。

大概十分鐘不到的時間，我把熱騰騰的原汁牛肉麵放在老婆婆面前。她瞪著面前的牛肉麵好一會兒，然後打開那藍色布包，露出玻璃罐裝的泡菜瓶，用店裡的筷子夾了一些泡菜放在牛肉麵上，最後才慢條斯理地吃起來。

這動作讓我覺得很驚奇！因為我父親在煮牛肉麵時，從來沒有把泡菜放在牛肉麵上過，對我來說，把泡菜放在牛肉麵上就好像把奶油塗在義大利麵上一樣詭異。

於是我走近詢問她：「這樣好吃嗎？」

「好吃啊！泡菜牛肉麵，你沒吃過嗎？」她瞪了我一眼。

「我吃過一次，很難吃。」

「你拿個碗來，我分你一點泡菜吃看看。我做的泡菜很好吃，親戚朋友、鄰居都很稱讚。」她以彷彿是我家族中長輩似的語氣命令我，我乖乖地照做了。

拿了筷子和小碗，老婆婆像施捨什麼恩典似地驕傲抬起下巴，慢慢轉開泡菜的玻璃罐，用乾淨筷子幫我夾了一些泡菜放在小碗裡。

我吃了一小口，彷彿有股名叫美味的電流通過我的舌頭，竄入我身體裡的每一個細胞，這泡菜的酸味和甜味非常均衡，不會過酸或過甜，如果說泡菜那種酸甜的味道有什麼黃金比例的話，我想我眼前這泡菜的酸甜度就是非常完美的比重了！而且酸味和甜味都非常的清晰乾淨，每一口都能清楚分辨酸甜的味道，不會有種混濁難辨的口感。

我一下子就把眼前那一小碗的泡菜吃完，然後嘆了一口氣，說道：「真是好吃，我從來沒吃過那麼好吃的泡菜。」

「泡菜加在牛肉麵上也很好吃噢！」老婆婆非常得意。

我閉上眼睛想像我煮的原汁牛肉麵加上泡菜的味道，然後我很快離開座位，拿出素描簿把想像中我煮的泡菜牛肉麵畫出來。當我畫好的時候，老婆婆也吃完了，她抽了幾張桌上的餐巾紙擦擦嘴巴，準備付錢離開。

我叫住她，告訴她我想跟她買泡菜，以後店裡想多賣一道料理叫做「泡菜牛肉麵」。老婆婆愣了一下，臉上露出既開心又為難的表情，那是一種非常難以形容的神情，然後她告訴我，她偶爾才能做泡菜，所以沒辦法每個月都給我很大的供應量。

「沒關係，反正我店裡的客人也不多。」

我們就這樣約定了下來。

「你難道不會自己做泡菜嗎？」周依涵問：「你看起來真的很清閒，應該有時間自己做泡菜吧？」

「我做的泡菜很難吃，我做過一次。」我說。

「你什麼時候做過？」

「大學的時候。」

「你自己做來吃？」

「那時候好像流行一種奇怪的感冒，罹患這種感冒會病得很嚴重，而由於聽說吃泡菜可以增強免疫力、預防疾病，所以我那時候的女友就叫我試著做泡菜來吃。我買了一本食譜與玻璃瓶，還有做泡菜的高麗菜啦、醋、辣椒之類的東西，但結果，做出來的泡菜又酸又辣，難吃的要命。」

「哈，後來你們怎麼處理那一罐泡菜？」

「因為我本來就會在房間裡煮飯，所以只好勉強自己每餐都吃那罐難吃的泡菜。當然也煮過牛肉麵，但把難吃的泡菜加在好吃的牛肉麵上，牛肉麵也會變得難吃的。」

「嗯，好像有一件不愉快的小事加在幸福的戀情上，整個戀愛的感覺就會變質。」

「通常是很多不愉快的小事才會讓戀情變質吧！」我說：「讓戀情變質最重要的是缺乏溝通的時間，讓泡菜變質的是沒有好好的保存。」

「講得好像你是專家噢！」

「哪方面的專家？」

周依涵嘻嘻一笑：「講得好像你是戀愛和泡菜的專家啊！可是你好像兩樣都不是喲！」

「誒，的確我兩樣都不是。」

「別沮喪了，趕快煮一碗好吃的泡菜牛肉麵來吧！」周依涵拍拍我的肩膀，要我振作精神：「你至少是煮牛肉麵的專家……還有畫圖也畫得很漂亮噢！」

篇七　牛肉鍋燒麵

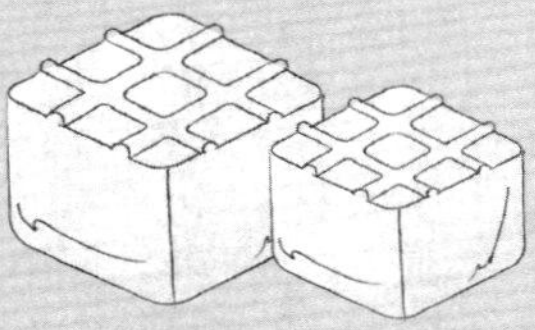

當周依涵在吃限定的隱藏版「泡菜牛肉麵」時，我突然想起在美術雜誌社工作的同學拜託我寫一篇有關康斯塔伯（Constable,1776～1837）在1823年畫的〈從主教領地看索爾斯堡主教堂（Salisbury Cathedral from the Bishop's Grounds）〉這一幅畫的畫評。康斯塔伯是英國著名的風景畫家，他經常畫日常生活所見的風景，但其筆觸卻能精確地表現光影的明暗，且整張畫的構圖也非常能凸顯某一主題的特色。我把筆記型電腦從二樓房間搬到店面裡，對照著畫冊，寫下大約五百字左右的康斯塔伯生平簡介，另外五百字則寫關於這幅畫的評論；雖然幫出版社寫評論的稿酬並不會很多，但差不多比賣一碗牛肉麵淨賺三十元到五十元不等的金額似乎輕鬆一點，當然這也可能是因為我的牛肉麵館生意清淡，且與我不太會做生意的性格有關。

也許是因為已成了熟客的關係，周依涵吃完泡菜牛肉麵後竟然捧起空碗就往櫃檯後面走。

「喂，妳在幹嘛？放著就好了。」我雙手離開筆記型電腦的鍵盤，叫住了她。

「我看你好像在忙，寫東西嗎？」她打開櫃檯後面的水龍頭，水流聲嘩啦啦地沖在空麵碗上。

「幫朋友寫一篇畫論。」我走進櫃檯，她已經擠了些洗碗精在洗碗了。

「畫論？啊，對哦！你是美術老師。」她點點頭，用菜瓜布把碗洗了一下，然後放在水龍頭下沖乾淨；她似乎有注意到乾淨的麵碗是依照種類的不同而堆疊在水龍頭旁邊的架子上，於是她把乾淨的空碗放在對的位置上；接著她又留意起架子旁邊有兩個鍋燒麵用的小鍋子，她拿起那兩個小鍋子端詳，那是有點舊的鍋子，兩只鍋子上都有些摔過的凹痕。她把鍋子在我前面晃了兩下問道：「你也有賣鍋燒麵？和泡菜牛肉麵一樣是隱藏版菜單嗎……我下次要吃！」

「那只有一個客人吃過。」我說。

「是女朋友還是前妻？」周依涵用質詢的眼光問我，然後像小女孩般撒嬌：「不管，我也要吃。」

「是一個二十幾歲，上班兩年多的男人。現在大概三十歲了。」

「男人？」周依涵噗嗤笑了一聲，她說：「該不會他覺得難吃，所以你就不賣鍋燒麵了？」

我搖搖頭，告訴周依涵不是這個樣子的。

那天大約是晚上快九點左右，一個穿著格子襯衫、領子歪斜、胸前鈕釦都沒扣、露出了沾上酒漬的白色背心的男人，表情頹喪地走進我的店裡。他低著頭，頭髮凌亂地像秋天過後燒焦的草原那樣，讓我幾乎認不出他來；他是那幾年店裡的常客，大概每四、五天會來店裡吃一次牛肉麵，大多時候點紅燒牛肉麵，有時會點番茄牛肉麵，是一個喜歡在麵裡放很多辣椒醬的男人。我曾經跟他聊天過，他大學剛畢業不久，靠著父親是公司下游經銷商的這層人脈而進入公司，認識了附近同業公司裡一個小他一歲的女孩子，兩人同居半年，已經訂了婚，打算明年結婚。他們兩人偶爾也會像兩隻親密的小松鼠一樣一起來我店裡吃麵，但我已經很久沒看到他的未婚妻了。

「怎麼了？你看起來好像很不好。」

「她不見了。」這男人的聲音彷彿從看不見底部的深淵裡傳出來，說是傳出來，不如說是音波在深淵中迴盪後剩下一點若有似無的氣音就這樣飄逸到我的耳朵。

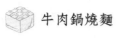

「失蹤了嗎？」我頓時緊張起來，彷彿被踩到尾巴的貓。

「不，她好幾天前搬去跟公司的男同事同居，她把我甩了。」他無力地把額頭緊貼著桌面，整個人低垂下來。如果這是一個人體雕塑的銅像，我大概會給它起個「失去力氣的人」或「失去希望的男人」之類的名字，

「我們兩家公司都經常加班。然後我注意到她加班的頻率變多了，時間也越來越晚，從晚上十點、十一點……到隔天凌晨一點多才回來。」男人痛苦地說：「我們的內衣褲都放在同一個大衣櫃的抽屜裡，有一天我打開她放內衣褲的抽屜，發現她抽屜少了三分之一左右的內衣褲，但每天都是我倒垃圾或做資源回收，我從來沒有看見她扔掉內衣褲過，而且即使有幾件內衣舊了不能穿了，也不致於少掉那麼多……」

「然後呢？」

「有一天她打電話給我說要加班，大約晚上九點多左右，我拎著宵夜去她公司想找她。她們大樓警衛把我攔下來，說她們那一層都熄燈了，整個公司沒有人。警衛粗魯地揮手要求我離開……我不信！硬是要求警衛讓我進去，最後他勉為其難地陪我上樓，果然，她不在公司，從公司的玻璃大門望進去，裡面如一片被墨色囚禁的詭異世界。」

他繼續說：「我失魂落魄地向警衛道謝，離開她們公司的大樓。打電話給未婚妻，打了好幾通她才接……我問：『妳在哪裡？』她語氣非常不耐煩地說：『我在公司啊！我不是跟你說我在加班？你不要打擾我工作。』我非常絕望地告訴她：『我剛剛去過妳公司了，妳的公司燈是暗的，沒有任何人在……』」

「她怎麼回答？」

「她沉默了一下，質問我說：『你調查我嗎？』我說：『我只是想送宵夜給妳吃。』她非常生氣，當下就決定要解除婚約，當晚也沒有回家過夜。我就坐在她們公司大樓門口發呆，凌晨三點左右，因為肚子餓了，我把帶給她的宵夜吃掉，那碗已經冷掉的大腸麵線……一直等到早上，開始有人陸陸續續地上班了，快九點左右，她公司一個男同事騎著機車載她來上班。我直覺就知道，昨晚她是在他那裡過夜，我想抽屜裡消失了三分之一的私密衣物也應該都在他的房間。」

這倒楣的男人非常沉重地嘆氣，然後繼續說：「我的未婚妻變得非常冷漠，眼神像冰一樣從我身邊飄過去，一時之間我覺得我就像路邊那些凌亂而惹人生厭的廣告看板似的，她連看一眼都不肯！她昨天還親切地在電話中說她要加班，要我好好吃晚餐呢……我不相信這是真的！我抓住她的肩膀，用力搖晃並且叫她的小名。他身邊那個男同事見狀，上前撥開了我的手，然後大聲斥責我說：『她已經不喜歡你了，請你不要打擾她。』」

男人接著說：「我大聲卻顯得無力地告訴他：『我們有婚約啊！』……我的未婚妻聽到我這樣吶喊，寒著臉色走了回來，把手上的戒指拔下來，隨便就往我身上丟。我撿起戒指想追上去，她那同事卻抓住我的衣袖。我幾乎想揍死他！」

我擔心地問：「你有這樣做嗎？」

「沒有。」男人無力地垂下頭，用左手抓亂本來就很亂的頭髮，無力地說：「我知道這樣做沒有用。我就這樣去上班……下班回家以後，發現她的東西變少了。內衣褲抽屜裡的衣物通通不見了，幾件她喜歡或常穿的衣服也像被空氣吞噬掉那樣消失，漂亮的首飾、吹頭髮的吹風機都不見了，好像那些東西從來不曾存在過……」

男人說：「我又打了幾通電話給她，前面幾通電話響了幾聲就被掛掉，後來她乾脆把手機關掉完全不想跟我說話。第三天，我們房間裡屬於她的東西變得更少……她趁我上班的時候偷偷來搬走的吧？到了昨天，那個房間幾乎只剩下我的東西，連我們一起買的備用拖鞋，她也把屬於她的粉紅色拖鞋從床底下拿走；相片啦、一起出去玩時留下的數位沖洗紀念品，只要有她身影的，她都剪掉，沒辦法剪的就破壞掉丟進垃圾桶……現在就只剩下這個而已，她可能忘記這個是她買的。」

男人右手揚了起來，這時我才注意到他右手拎著兩只空的鍋燒麵小鍋子。

「要喝酒嗎？」雖然本店不招待喝酒的客人也不賣酒，但是顯然眼前這個男人需要喝酒，用酒精來麻醉靈魂或記憶之類的，好讓當下現實的手術刀能夠切開過去那些甜蜜、惆悵又痛苦的記憶。我打算如果對方點頭，就立刻走出店裡，去巷口便利商店買一手啤酒回來。

「不要，我想吃麵。」男人趴在桌上，把頭埋在臂彎裡，再度提起了手中的鍋燒麵鍋子：「可以幫我煮兩碗鍋燒麵嗎？」

「鍋燒麵？為什麼？」我愣了一下。

「我們剛認識時，她經常會到我的住處煮東西。有一天我們逛超市時，她買了這兩個小鍋子，她很喜歡吃鍋燒麵，冬天的時候熱騰騰地吃，夏天的時候開冷氣吃……我好想念她的味道。」男人仍然沒有抬起頭來，讓我覺得我好像跟一個醉鬼或正在說夢話的人對話。

「我們都喜歡吃牛肉……她會煮牛肉鍋燒麵，用雞湯塊去熬煮高湯，再放烏龍麵繼續煮……接著放進蝦子、丸子、豆腐、蛤仔、蟹肉棒，然後是主角的牛肉片，最後打上一個蛋……那是她的味道啊……」男人說著說著就哭出來了。

「本店只有牛肉片和烏龍麵噢！」

「沒關係。我想吃……」男人把鍋燒麵的鍋子推到我面前。我拎了起來，發現小鍋子裡積了一層厚厚的灰，他們好一陣子沒有一起吃牛肉鍋燒麵了吧！想到這裡，我不禁回憶起我剛離婚的時候，那時我一個人仍然好好地繼續生活著，好好地吃飯、睡覺，然後到學校去上班，在家裡也一個人煮牛肉麵；但即使我煮兒子或前妻愛吃的牛肉麵口味，他們都不在我身邊，都嚐不到了。我的心就像被挖空了一大塊那樣，只剩下某一部分彷彿懸吊在懸崖邊緣那樣，被風吹起來就輕飄飄的、空蕩蕩地活著。說是我的心被挖空了一大塊，又倒不如說，是我的生活被挖走了一大塊，原本孩子該坐在那裡笑的地方、原本妻子該出現的地方，現在連同他們一切的物品都消失了，除了捉摸不到的記憶外，可以說我找不到任何能證明他們存在過的證據。雖然這樣說可能誇張了點，但任何失去摯愛的人應該都能夠認同我的感受。

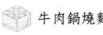

我非常同情眼前這個男人，決定為他煮一碗、不……兩碗好吃的牛肉鍋燒麵。

我把兩只小鍋子拿到水龍頭下清洗一番，然後告訴男人在店裡等著，我出去買些材料。花了十七分鐘，我跑到附近的超市買回雞湯塊、蝦子、丸子、豆腐、蛤仔、蟹肉棒等食材，等衝回店裡的時候，男人還維持著原來的姿勢，不知喃喃在唸些什麼。

我轉開熬煮高湯的瓦斯爐，先用平底鍋快速地將雞湯塊煮開，不久空氣中就飄散著雞湯的香味。雖然我覺得店裡的清燉牛肉高湯肯定比雞湯塊煮出來的味道好，但我想，我其實並不是要煮出華麗風味的鍋燒麵，而是需要煮出那倒楣男人所懷念的牛肉鍋燒麵。

這種家常料理非常簡單，差不多十分鐘左右，烏龍麵、蝦子、丸子、豆腐、蛤仔、蟹肉棒都熟了，我分成兩份分別裝進鍋燒麵的小鍋子裡，然後再用另一個平底鍋水煮了兩顆雞蛋，趁半熟的時候用筷子撥到烏龍麵上。最後，我把鍋燒麵端了出去，放在他趴著的那張桌上。

他聽到聲音，抬起頭來，然後又開始哭泣。我安靜地回到櫃檯後面，一邊清理鍋具和擦拭流理台，一邊偷偷看他；他大概哭了幾分鐘以後才拿起筷子開始吃麵，邊吃邊哭，好像受到委屈的孩子那樣。

他把兩碗鍋燒麵都吃完了，哭泣也漸漸停止，轉頭問我總共多少錢。我搖手說不用，這是男人間彼此對情感創傷的默契和關心，我告訴他我離婚的事，那時也讓我痛不欲生。

他安靜地點點頭，然後過了一會兒，他說明天還想來吃牛肉鍋燒麵，但希望我明天會收錢。我也點點頭，說了聲好。

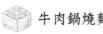

他隔天把鍋燒麵小鍋子外面的兩個木框架也拿來給我，點了他專屬的菜單：「牛肉鍋燒麵」。由於前一天晚上買的的食材都還剩很多，因此我很快地幫他煮了出來。他沉默地把鍋燒麵吃完，付了帳，然後告訴我明天還會來。

他吃了四個多月的鍋燒麵，每天都來，後來這男子都自己去超商買食材來請我代煮，這樣也讓我省去了必須特地為他去超市買食材的麻煩。

他最後一次出現，是在週五的晚上，他帶著一個看起來乖巧的年輕女孩一起來。

「一樣牛肉鍋燒麵嗎？」我問他。

他搖搖頭，然後說：「好久以前就覺得你店裡的紅燒牛肉麵最好吃，今天我帶朋友來吃，請給我們兩碗紅燒牛肉麵。」

「好的，兩碗紅燒牛肉麵。」

他們非常愉快地吃完牛肉麵，然後他付錢，兩人牽手走出我的店裡。之後，就再也沒有看過他們了。

我想對於那個男人來說，我的牛肉麵館是一個情感療傷的地方，他現在康復了，再也不會來我的麵館。但我真為他感到高興。

周依涵聽完這個故事，眼眶有點發紅，好像非常受感動地想要拭淚，她用力作了幾個呼吸，然後一個字、一個字慢慢對我說出來：「我……人家我也要吃牛肉鍋燒麵。」

「很麻煩耶！我店裡沒有材料，妳不是剛才吃了泡菜牛肉麵嗎？」我皺眉頭。

「不管啦！你就煮給那個男人吃，我也想療癒我的情傷啊！」

「情傷？」我愣了一下，才做出恍然大悟的表情。在那天大雨的夜裡，我把因為失戀而喝醉倒在巷子裡的周依涵撿回店裡，那時距離現在還不到幾個禮拜的時間。

「好啦！我去買材料……」我無奈點點頭。當然周依涵是一個相當可愛的女孩子，煮這道食物給她吃並不會太麻煩的。

「耶，太好了！」

大約半小時後，周依涵坐在我的店裡吃起熱騰騰的牛肉鍋燒麵。

這時有兩個熟客一邊聊天，一邊鬆開脖子上的領帶走了進來，他們的視線先在周依涵美麗的臉上掃過，然後停留在周依涵正在吃的那一碗鍋燒麵上。

「喂！老闆，為什麼你店裡有賣鍋燒麵？新的隱藏菜單噢？不公平……」

「對啊！該不會只賣給美麗的小姐？我們兩個也要！」

我還沒說話，就看見周依涵停下筷子，帶著像是分享祕密似的開心表情跟他們解釋：「什麼只賣給美麗的小姐，這碗鍋燒麵本來只賣給一個男客人的噢！這個故事是這樣的……」

誒，從今天起，除了「清蒸牛腩烏龍麵」是本店象徵祈願成功順利的代表料理外，大概又將創造出一個治療情傷的「牛肉鍋燒麵」傳說了。

篇八　沙茶牛肉乾拌麵

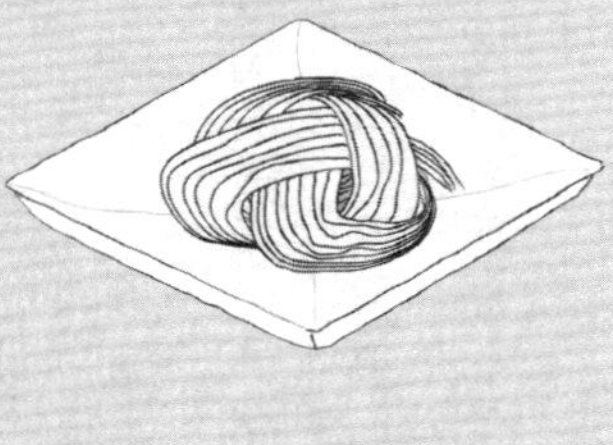

有一天周依涵帶著她的筆記型電腦，來到店裡詢問我店裡有沒有 wifi。

「有啊。妳在家裡不能用嗎？」我告訴她密碼是 1111，但沒告訴她這是我前妻的生日。

「1111 是嗎？你一定是懶得記密碼才設這個。」周依涵嘻嘻一笑說道，然後解釋說：「……我房間的網路斷掉了，有線和無線都不能用，打電話給房東，但房東沒有接電話。我之前有寫信問一家公司關於面試的事情，我想看對方有沒有回應。」

「沒關係，妳就用吧。」

這又是一個蠻悠閒的下午，除了周依涵和安靜無聲闖了進來的午後陽光外，沒有其他客人。我攤開素描簿繼續畫圖，畫得是一碗清燙牛肉片的麵線，我想幾年後也許我會變成畫食物的專家，可以開個人畫展，但我想大概沒有哪些提供展覽的單位會對這樣的主題有興趣。

當然，我繪畫並不是為了世俗性的功利目的，有點像爬山一樣，問登山家為什麼去爬山呢？登山家或許會說，因為山在那裡。而我為什麼要畫畫呢？因為可以供畫畫的題材在那裡，因為紙、筆在那裡之類的。嚴格說起來，我們人類做的每一件事情都可以有嚴肅的理由，例如把垃圾丟進垃圾桶裡去，可以給它一個類似「隨手作環保」或「環保愛地球」的說法，但事實上，很多事情只是因緣巧合地發生了或錯誤地發生了而已。即使是國家的建立或滅亡，也可以輕易地用「它就這樣發生了」來解釋。

而我現在在素描，畫食物，也只是簡單地呈現「它就這樣發生了」的現象。

但有時非常簡單的現象，我們卻會輕易地忽略它。

當我正構思一碗麵線到底應該有什麼樣更細緻的線條、會發出什麼樣的光澤，而我又該用怎樣的素描鉛筆來繪畫時，周依涵的手指放在筆記型電腦的鍵盤上，彷彿思考著什麼似的仰頭看起牆壁上的價目表，然後突然「啊」地叫了一聲。

「怎麼了？」

她指著牆壁上的價目表說：「我現在才發現沙茶牛肉乾拌麵好便宜，怎麼才三十元而已？三十元在其他的店可能連陽春麵都吃不起耶？」

「是啊。不過那是很簡單的料理，我都叫其他熟客不要點，以免我賠錢。」

「如果第一次來的客人想點呢？」

「我會跟他說不太好吃，並且告訴他三十元沙茶牛肉乾拌麵的由來，希望對方不要點。」

「這是一個故事？」

我點點頭代替回答。

「你店裡的每一道料理好像都有故事。」

「我們生命裡的每一個片刻都有故事發生啊。」我說。

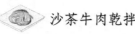

「嗯哼。是這樣說的沒錯。」她好像不能接受卻只能認同地點點頭，然後看著我說道：「那關於沙茶牛肉乾拌麵的故事是怎麼樣子的？」

關於那個左腳有點跛的老婆婆第一次帶孫子來我的店裡，是很久以前的某一個冬天夜晚。那時大概很冷，天冷的時候大家第一個想選擇的食物大概是火鍋，然後可能是有熱湯的麵食，因此那天店內的生意馬馬虎虎還不錯，光是晚上的時候就有三十幾個客人，大多都是相互認識的熟客，他們讓我的店裡看起來比平日溫馨很多，就像大家庭的晚餐或某種同鄉會、聯誼會一樣的氣氛。

因為我的店裡經常沒什麼生意，所以只有我一個人在廚房烹飪、餐桌間送餐、櫃檯收銀，還要負責倒熱茶招呼客人，一時間非常忙碌，好不容易忙到晚上八點多，大家都走光以後，我擦了桌子並洗了四十幾個碗盤，然後為自己倒了一杯熱茶。正估計著茶葉似乎快沒了，是要明天打電話給茶行訂貨或者今天就先訂貨的時候，有一個散著滿頭凌亂的灰黑頭髮、黑瘦枯乾的小老太婆，拉著一個看起來大約國小三年級或四年級那麼大的小男孩站在門口，小男孩的衣服非常舊，而且不管是衣服或褲子都明顯不合身，好像是從哪邊撿來隨便套在身上，一雙布鞋也破了好幾個洞，用很粗的線縫了又補。他們有點膽怯地站在那邊。

「歡迎光臨……」我的聲音很輕，甚至可能帶有疑惑的語氣。

他們兩人彷彿沒有聽到我的招呼聲音，絮絮低語如某種小動物說話那樣子。

「奶奶，真的可以去吃牛肉麵嗎？」

「我們進去吧！奶奶這幾天有努力多撿了一些廢紙、鐵罐，賺了不少錢……」

兩個人好像互相勉勵給予勇氣那樣終於踏進了我的店裡。這時我看到老奶奶拖著一輛鐵製的菜籃車，菜籃車上裝滿廢紙、空飲料罐和某種包裹水管的鐵皮。當她拖著那輛菜籃車進來店裡時露出有點羞赧的表情，大概是怕我會拒絕她把那些資源回收的物資帶進來，但又擔心那些物品放在外面會被拿走。

因為菜籃車上的廢物並沒有氣味，所以我並沒有介意。

我再次說了聲歡迎光臨，引導他們找了張桌子，然後送上熱茶。兩人稍微安心地坐著喝了口熱茶，這時小男孩扯著奶奶的衣服，提醒老奶奶注意牆上的價目表，用氣音低聲告訴奶奶：「這裡的牛肉麵好貴啊！」

雖然小男孩刻意壓低聲音，但我還是注意到了。其實我不在意少賺兩碗牛肉麵的錢，但我不希望兩名初次進來的客人帶著失望離開，於是我上前詢問他們有什麼問題嗎？

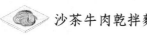

老奶奶沒有回答我，看了牆壁上的菜單，然後掏出一個汙穢骯髒的老式小錢包，錢包裡都是硬幣，她把硬幣放在桌上一個一個地數。我的視線掠過桌面上那些錢幣，大約九十到一百五十幾元之間，老奶奶看起來非常重視這些零錢，每一個都小心翼翼地數著；但那些錢是不足以吃兩碗牛肉麵的，而且，他們除了吃完這一頓晚餐，也許還得留一些錢做明天早餐或者搭公車什麼的。

我有點同情他們，但不能直接開口說要請他們吃牛肉麵，這樣會傷害到他們。於是就開口說道：「其實店裡還有比較便宜的牛肉麵。」

小男孩搶著說道：「我不要吃牛肉湯麵，那跟泡麵一樣，都是假牛肉麵，沒什麼牛肉……唔，牛肉湯麵更假，連一塊牛肉都沒有。大偉、建銘他們都笑我沒吃過真的牛肉。」

「乖孫，別吵了，不然奶奶叫一碗原汁牛肉麵，奶奶看你吃就好了。」老奶奶不管怎麼算桌上的錢，的確沒辦法吃上兩碗牛肉麵。最後她下了這樣的決定。

「我說啊，最近幾天我在計畫新口味的牛肉麵，只有一些熟客吃過，價格比較便宜，只要三十元，你們要不要試試看？」

「有牛肉嗎？」小男孩用充滿疑惑地眼睛看我。

「當然有。」

「那是什麼牛肉麵啊？」老奶奶有點忐忑不安。

「沙茶牛肉乾拌麵。希望你們幫我試吃，給我一點意見，我算你們半價，這樣好不好？」我說。

老奶奶搖頭說道：「我們又沒吃過牛肉麵，怎麼給意見。我不想占你便宜，那就給你三十塊……唔，兩碗六十吧？」她把桌上三個十元硬幣、五個五元硬幣、五個一元硬幣推到我的面前。

「吃完再付就可以了。」我說。

「沒關係，我們先付。」老奶奶臉上表情非常堅毅，彷彿整個大地的秋冬景色都凝結在她臉上那般地苦澀和堅強。

我回到櫃檯，開始構思那隨便胡謅出來的「沙茶牛肉乾拌麵」。當我設計一道菜單時，不管是不是父親曾經煮過的料理，我都會用素描簿先畫出來，想像麵放在店裡麵碗的樣子，怎麼樣寬度和勁道的麵條？應該用小白菜或青江菜搭配？要什麼形狀的牛肉？還需不需要什麼樣的配料？加多少湯頭？我都會把它詳細地畫出來，並且在腦袋裡設想烹飪的方法和過程。因為從小到大煮牛肉麵、熬牛肉高湯的經驗讓我非常熟悉牛肉和麵條的嚼勁、味道和氣味，因此我在繪畫、想像的過程當中，所想像出來的牛肉麵和真實的成品並不會相差多少。

可是那一對祖孫自然不可能等我慢慢想像、構思和畫圖，我只能用力地去想該用什麼麵條呢？因為是乾拌麵，而且老人家咀嚼不方便，大概不喜歡太粗的麵條，所以細一點的麵條會比較好；再進一步想，圓麵條雖然有嚼勁，但拌沙茶的口感想像起來會差一點，如果拌沙茶的話可能需要選店裡比較細的麵，因為沙茶的口感有些沙沙的，因此潤滑爽口的油麵就是我選擇放進麵鍋裡的麵條了。

在我主觀的認知裡，沙茶醬和小白菜的感覺好像非常搭配，有點像樹林和小鳥、流水和魚的關係，因此在麵煮了六、七分鐘，快煮熟的時候，我丟了兩把小白菜到煮麵鍋裡面去燙，然後俐落地將麵條和小白菜撈起來，放進兩個麵碗裡。因為沙茶的味道比較重，為了凸顯沙茶醬和牛肉的味道，所以我在兩碗麵裡淋上一些原汁牛肉高湯。至於牛肉的部分我也想好了，就用小菜的滷牛肉切片，加上一小湯匙沙茶，最後再灑上一些香菜。感覺爽口和渾厚的味道兼具，應該會是店裡成本較低、而且同樣美味的牛肉麵。

雖然如此，我這煮牛肉麵的可對這道料理沒信心。雖然印象當中，在讀書的時候也曾經自己胡亂煮牛肉麵拌上沙茶，但我已經忘記那是什麼味道了，而且自己煮來吃的牛肉麵和要在店裡賣給客人的牛肉麵，為了對得起自己的專業，那可不能太難吃才行。

我有點膽戰心驚地把兩碗麵端出去。雖然我確定這兩碗麵必定是賠本賣出的，但就一個牛肉麵館老闆的自尊，我不想端出去太難吃的麵。

但在我將麵碗放在他們祖孫倆的桌上時，我就放心了。因為小男孩哇地一聲站起來，用力聞著眼前的牛肉麵，紅著小臉興奮喊道：「好香哦！」然後把鼻子靠近麵碗，用力地吸麵碗裡的牛肉香氣。

連一臉彷彿人生苦悶都寫在臉上的老奶奶也忍不住微笑露出牙齒。

他們兩人彷彿非常慎重地拿起筷子，像進行某種儀式那樣把筷子放進牛肉麵碗裡面。小男孩欣喜地像發現春天來臨的松鼠那樣，兩隻眼睛異常發亮，高興地大口吃牛肉，但卻又害怕馬上就把麵條上面的牛肉吃光，於是也強忍著自己慢慢咀嚼。

老奶奶似乎發現了，於是夾了自己麵條上的牛肉片給孫子。

「奶奶這塊給你，奶奶吃不了那麼多。」

「奶奶，我不要……妳吃。妳也沒吃過牛肉吧？」雖然嚷嚷著想吃牛肉、想吃真正的牛肉麵，讓人感覺這小男孩有點任性，但他其實也是一個乖巧懂事的小孩。

「乖孫，奶奶年紀大，真的吃不下那麼多……」

我站在櫃檯後面偷偷觀察他們的表情和講話的內容，看著祖孫倆面帶微笑交談，不斷討論這牛肉麵好好吃之類的話，我覺得好高興，稍微能夠理解為什麼父親會想要開一家牛肉麵館了。

蹲在櫃檯後面，我的眼睛泛起潮意，雙手抱著頭，不知道為什麼，情緒隨著眼淚宣洩而出……

他們從那一次來到我店裡後，祖孫倆每週五晚上都會來吃三十元的沙茶牛肉乾拌麵。為了他們，我也正式在店內牆壁上懸掛起「沙茶牛肉乾拌麵 30元」的價目表，但我通常不希望其他客人經常點這道牛肉麵，那會讓我虧本太多。或者說，即使有其他人點了這道料理，我放的麵團和牛肉的份量就會減少；只有當他們祖孫倆來麵館點這道牛肉麵時，我不但會多增加半團麵團，而且還會把滷牛肉片蓋得滿滿的，讓祖孫兩人能夠盡情地享受牛肉的滋味。

而他們也一直持續來我的店裡光顧。

我想他們一定是把每週來這裡吃三十元的沙茶牛肉乾拌麵當成是他們一個禮拜以來最豪華的一餐吧？就像來我店裡慰勞一個禮拜的辛勞。

後來，有客人並不太相信這樣的故事，不認為在現代社會裡會有那麼窮困的人，不過如果仔細翻開報紙或者參加一些慈善的社福團體，就會發現，其實這樣的家庭幾乎不曾消失在台灣各地。造成家庭窮困的原因非常的多，可能是家中經濟支柱生了重病、婚姻失敗造成家庭破裂衰敗、家中有人亂花錢或者人丁零落又出了什麼意外、或者經濟突然不景氣而沒有事先的財務規劃⋯⋯。我猜來我店裡的這對祖孫大概家裡沒有其他人了，就依靠著老奶奶拾荒為生。也許會有什麼社會救濟補助的吧？不過那一點點錢，可能付了房租、水電費、健保費和孫子的學費就不夠用了；如果家裡的電器，例如冰箱、電鍋突然壞掉，甚至可能不到五十元的燈泡壞掉，對他們來說都會是一筆相當大的負擔。

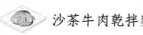

每次付錢的時候，就會看見他們祖孫倆在店裡的桌上數著從錢包裡拿出來的零錢，用一元、十元和五元硬幣來支付餐費。如果是老奶奶把錢交給我，通常都是用非常慎重的態度把所有的錢放在櫃檯；如果是小男孩把錢交給我，他會墊起腳跟，乖巧地用雙手把錢遞給我，告訴我：「叔叔，要數清楚哦！總共六十元。」

小男孩似乎很擔心我數錯錢，大概也許如果我數錯了錢，跟他們多討個十五、二十元，老奶奶就得在街上多撿上一、兩個小時的回收。當然我知道小男孩也會在路邊撿拾鐵罐或跟商家討不要的紙箱幫忙奶奶作資源回收，這是我有一天出門寄信時，在郵局旁邊的超市看過的情景。

他們也不知道，即使他們少給我十塊、二十塊，我都不會跟他們討錢。因為我喜歡看他們在我店裡幸福而快樂的吃麵，這可能是整個社會中唯一能夠給他們這樣快樂吃麵的地方，我因為開了這樣的牛肉麵館而感到非常地幸福。不得不有點難為情地說，每次看到他們祖孫在我店裡非常快樂的吃麵、吃牛肉的時候，我都有一種幸福地想蹲在櫃檯後面哭泣的衝動。

後來有一個週五，他們沒有來。

那天我還以為他們有什麼事情耽擱了，還延後到晚上十點才打烊，但他們祖孫始終沒有出現。隔週的星期三下午，小男孩雙手提著一大疊非常重地廢紙跑進我店裡。

他氣喘吁吁地說：「叔叔，我可不可以撿廢紙和鐵罐跟你換牛肉麵？我會繼續撿、撿很多很多來給你！」

我皺著眉看他手上的廢紙，我根本不知道那些廢紙多重？價值多少錢？而且我並不是資源回收商啊！他如果真的想來吃麵，應該把廢紙拿去資源回收商處賣錢，然後再來買牛肉麵才對。

「怎麼了？發生什麼事了嗎？你奶奶呢？」我拋出了幾個問題。

小男孩被我這樣一問，嚎啕大哭了起來，他說：「我奶奶生病倒下去了，在醫院裡住了好幾天，快要死掉了。我想起跟奶奶約定過總有一天要來叔叔店裡吃原汁牛肉麵，我要買給她吃……我知道這些廢紙不夠買一碗牛肉麵，可是我會繼續撿，拜託叔叔先賣我一碗牛肉麵好不好？」

「好。你先幫我把廢紙提到牆角。」我點點頭，很快地轉身到櫃檯後面的廚房煮牛肉麵，我特別放了三團麵條，然後用很大的塑膠袋裝，並且放了將近四碗份量的牛肉。我想即使他們祖孫一起吃，應該也能夠吃得非常飽。

小男孩就坐在廢紙上等我煮麵，我把三人份的原汁牛肉麵連同外帶的保麗龍碗交給他，對他說道：「有點重哦！小心拿……下次如果奶奶還想吃牛肉麵儘管來，叔叔讓你先欠者。」

小男孩大聲地跟我道謝，用力提著牛肉麵飛奔出去。

後來他每隔幾天就把收集來的空鐵罐、廢紙往我店裡放。三個禮拜以後，他告訴我奶奶過世了。學校幫他找了一個寄養家庭，他得轉學到南投去。他評估已經撿來了六十元左右的回收資源，然後把剩下的欠款用現金補足。

「下次回來的時候，來叔叔店裡，如果我的牛肉麵館還沒有倒的話，讓叔叔請你吃麵。」

「好！謝謝叔叔。」男孩大聲地回答。

但那個小男孩後來再也沒有回來這店裡。我把這故事告訴周依涵，她聽到一半的時候，眼淚就像春天雨滴那樣落下，不斷抽取餐桌上的白色餐巾紙擦拭泛淚的清澈眼睛，就好像雲朵飄過明亮的天空似的。直到我故事講完了，她才用力深呼吸調整心情不再哭泣。

「叔叔，我要吃沙茶牛肉乾拌麵。」周依涵拿出小鏡子補了補妝，然後從錢包裡掏出三個十元硬幣放在桌上。

「喂、喂，都說了不要點這道牛肉麵害我虧本。」

「不管啦！我想吃、我想吃……」

好吧，我輕嘆了口氣，周依涵以不同於那小男孩的方式，吃到了她想吃的沙茶牛肉乾拌麵。

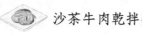

篇九　九層塔提味清燉牛肉麵線

隔天下午大概四點多的時候，周依涵穿著黑色窄裙套裝、高跟鞋和白襯衫出現在我的店裡，她的臉蛋上了些淡淡的妝，看起來非常漂亮，但是在美好的睫毛後面可以看到她有點疲憊無神的清澈眼睛。那時我正在熬煮牛肉，看到她這個樣子，我想起了前妻下班時同樣無精打采的樣子，有點心疼，急忙用乾淨毛巾擦了擦手並且提著陶製茶壺迎了上去，為她倒了一杯茶。

「妳看起來氣色不太好？」

「因為今天要去一家公司面試，這是我電子信箱裡最後一封通知面試信函了……所以昨天太緊張，失眠了。」

「不必緊張啦！要保持平常心噢！」雖然我這麼說，但好像只是旁人說來安慰當事者的一種言不及義的說法。但事實上，沒有比這個說法更恰當的了，至少以我貧乏的想像力來說，沒有辦法尋找到什麼更有效的詞彙了。

「怎麼保持平常心嘛！」她有點懊惱地低下頭說道。她額前的頭髮很好看地垂下來，不知道為什麼，我就想像可以用水湄邊楊柳葉低垂的景色來形容這個模樣。

「沒辦法啊！只能好好面對呢！」我告訴她關於我的經驗：「我之前考教師甄試的時候也相當緊張，那時要試教喲！我們好多考生都是這樣用行李箱拖著自製的教具巡迴全台灣的聯招試場。而且妳知道嗎？我們如果一個縣市落榜了，就少了一次考試機會，不像投履歷到各公司，其實有很多面試機會。」

「嗯，我知道。好像從好久以前開始，考老師就很困難。」她抬頭用明亮的大眼睛看我，然後輕輕點頭，就像蜻蜓在水面上停頓然後飛走那樣悠雅。不過她又說：「可是你知道嗎？我們今天早上九點就到那家公司，結果那個負責考試的業務主管卻說什麼臨時在會議室裡跟國外的客戶視訊會議；而我們原本應該待的休息室，又有工人維修水管。非常地……混亂。我們一群去應徵的人就這樣排排站在走廊上，好像是沒人要的小狗噢！」周依涵做出一副非常可憐的表情。

周依涵繼續說道：「而且你知道嗎？我們站在那邊好久，然後一個看起來職位非常高、穿著很好的西裝質料的老年人經過走廊，他覺得我們站在那邊很吵，又叫人把我們通通趕到一樓大廳。因為很多人要等電梯……我們只好從八樓走回一樓……」

「感覺是非常混亂的場面。」這讓我想起自己第一年去國小教書時，校慶辦運動會的前一天，學校訓育主任要我們學生從二樓搬椅子放到操場周圍，準備第二天運動會時能夠迅速讓全校學生坐在操場四周，一起對比賽場地上的同學鼓舞加油；但校長卻認為，椅子放在操場一整個晚上不知道會不會被有心人士偷走，而且即使沒被偷走，也怕夜晚的露水弄濕椅子而讓椅子的使用年限縮短。雖然我和一些老師都不認為椅子放在室外一個晚上會有什麼損害，但的確有可能會被住附近的人家把椅子偷回去放在家裡當作家具使用，所以我們又依照校長的指示，要學生們把椅子通通搬回教室。顯然大部分的學生們都很不滿！一個一個像噗氣的小豬那樣漲紅臉抱怨，但由於某些決策和在上位者想法的改變，難免會讓人覺得一團混亂。

「是啊，的確非常地混亂噢！而且其實我不太習慣穿高跟鞋的。」周依涵揚起了她線條美好的小腿，握起拳頭用力搥了腳脛的地方幾下。她又說：「我走下八層樓的樓梯，感覺頭暈目眩的，好像早餐都快吐出來了……而且前一天我還幾乎沒有睡覺呢！」

「這的確是一件非常辛苦的事呢！」這些年我學到了一件事，當別人向自己抱怨某些事的時候，通常不是為了尋求解答而是尋求認同，因此回應對方的內容即使空泛也無所謂，但必須要雙眼專注地注視對方的眼睛或說話的表情，讓對方覺得自己是重視並且認同對方的。

就我對於周依涵這個近期常來我店裡的女孩的了解，她是一個有著極端需要認同感而且同時擁有非常透明人格的一個女孩子。也就是說，她會直接地把自己心裡的話透過語言、眼睛或身體動作完全地表現出來讓別人知道，她是一個心地非常柔軟而且願意跟任何人坦率對話的女孩子；但也因此，即使只有一絲絲令她覺得受傷的事物，她的悲傷便會很透明地在旁人的面前表現出來，可能是眼睛裡的潮意、眼睫毛輕眨的頻率、目光的轉移、頭微傾的角度或玩弄手指的動作等各種細節表現，我想她的情緒在任何人面前都像秋天寂寥的晴空那樣透明吧。

「那時候啊……我在飲水機裝了水喝，想要看一下英文單字冊惡補一下英文，結果有個男生跟我搭訕……」周依涵繼續說話。她趴在桌面上像一隻慵懶小貓似的，聲音細細柔柔卻又像春雨灑過柔軟如膏的肥沃田地。

「惡補一下英文？」我問。

「因為面試的第一關是在會議室裡筆試，在面試之前。我們只知道會考英文和一些工作相關的內容，所以我就帶了一本英文單字冊。」周依涵瞪了我一眼，眼神中彷彿責怪我打斷她說話似的。

「然後呢？然後怎麼樣了……」我急忙適時地追問，表現出我對剛剛她說話內容的好奇心。

「我很討厭被搭訕……其實不是真的很討厭那個男生或被搭訕這件事，而是我正在緊張面試、筆試之類的一大堆問題啦！然後他問我是不是剛畢業？哪個學校畢業？參加過哪些社團？認不認識某某老師……他問了一大堆問題讓我覺得非常地厭煩，但出自於禮貌又沒辦法不去回應他。」周依涵說道：「人與人之間多少會有些小摩擦，這可能都是因為從說話開始的，所以我很愛說話，也會很仔細地去思考如何回應別人的對話，可是這樣一來，我就沒有辦法好好複習英文單字……」

「妳們聊了多久？」

「我一邊看英文一邊跟他說話，後來又有一個人也加入了我們的聊天，這樣分心的結果讓我頭好痛……。大概半小時左右，就有人下樓叫我們立刻到八樓會議室去，會議室空出來了！五分鐘後開始考試。」

「你們有多少人去面試？」

「……大約五十幾個人啊！所以我們如果通通搭電梯的話，根本不可能在五分鐘後趕到八樓會議室去，因為只有兩架電梯。所以我和其他人又這樣爬樓梯……幾乎用衝的那樣跑到八樓。好累呢！」

「我能夠想像得到。」對於平時很少運動的人來說，即使是用輕鬆的步伐從一樓走樓梯到八樓都是非常累的事了，更何況周依涵是穿著自己平常很少穿的高跟鞋，用非常努力的方式爬樓梯，那肯定是累壞了。

「然後我們要在一個小時內寫一百題英文測驗的題目，十題關於企業經營、十題關於國際貿易的簡答題……」

「題目好像多得不像話，一個小時內作不完。」

「沒錯、沒錯。」趴在桌上的周依涵微微點頭，她說：「後來有人問過他們公司裡看起來比較和善的人事人員，問為什麼出那麼多題目，他們說是因為要知道我們在很短的時間內思考、應變的能力，並不要求我們我們把全部的題目都做完。可是……我在寫答案時緊張到快哭出來了。因為我知道我根本寫不完！」

「真是辛苦妳了。」關於人生這件事，好像就是許多困難和挫折的累積。似乎生活就是這樣，即使待在家裡都會有一些辛苦的麻煩事上門，更別說當我們必須離開家門去學校啦、社會上做些什麼有意義的事，這樣遇到的辛苦麻煩事就更多了。除了那種被天神眷顧、一帆風順的寵兒外，大部分人類的身體彷彿都有一種專門吸引「辛苦考驗」的磁力，不時會有艱辛的考驗來挑戰我們似的。

「那的確很辛苦。」周依涵她嘟著嘴點點頭，然後又說：「等到寫考卷寫得非常疲倦，無論身體或心靈都覺得不如死掉了的那種時候……他們公司裡的人就突然說時間到了，要收考卷。接著是面試和午餐，午餐是自己到外面去解決，我根本沒有什麼食慾，和早上那個搭訕我的男孩子到附近的便利商店買了一杯咖啡就當成午餐了。」

「這樣營養不夠吧。」

「可是我吃不下喲！」周依涵瞪著我說道：「那時候我啊！真的覺得頭好重、身體好重，可不是肥胖的那種重噢！是全身沒力氣的關係，而且因為寫了一個小時的字，所以右手非常、非常地痠，幾乎覺得手臂不是我的的那種感覺。同時小腿也好痠。」

「因為上下樓梯的關係？」

「對啊。而且午休的時間只有半小時，因為人太多了，所以他們的面試官從中午十二點半就開始口試。」

「那就根本沒有休息到了噢？」

「對啊。根本沒有休息到……」周依涵幽幽地嘆了口氣。仍趴在桌面上的她手指在桌面上隨意地比劃，彷彿在書寫什麼。

「再喝杯茶吧。」我實在不知道該怎麼說，只好提起茶壺，在周依涵喝了一半的茶杯裡重新注入新茶。

「唔，謝謝。」周依涵只是用手挪動了溫熱的茶杯，頭仍枕在自己的手臂，一動也不動。

「口試的時候順利嗎？」

「問了一大堆問題，而且都非常尖銳，我實在不知道怎麼回答。哇！我現在忘光了啦……」

「要吃麵嗎？我請妳。」

「對了！我就是要來你這吃麵的。我好餓噢！有什麼可以補充元氣的麵、讓精神充沛的麵啊！」周依涵彷彿撒嬌般地說道。

「牛肉麵都很營養啊！」

「你建議一個吧？」

「唔……」我皺眉思索，此刻應該讓周依涵吃什麼口味的牛肉麵比較好呢？如果紅燒、原汁口味，也許味道太過強烈，說不定對胃腸不太好。清燉口味又太平常了。說起來，牛肉麵還是屬於比較油膩口味的食物，如果周依涵頭暈不舒服的話，吃這樣的食物會更加不舒服吧！但不論站在朋友或老闆的立場，我總不能把她趕出去說，妳去吃個清粥小菜然後回家睡覺比較好。

「怎麼樣嘛！難道你不會給客人建議嗎？真是不稱職的牛肉麵店老闆噢！」

「我在想、我在想……」我敲敲自己的腦袋對周依涵說道。

「那你想好了再告訴我……」

我正要回答什麼的時候，卻看見周依涵就這樣趴在桌子上睡著了，她側著臉趴著，露出了可愛的睡臉。

我想起第二次見到周依涵的時候，她翻閱我的素描本對我說什麼時候幫她畫一張。我很喜歡她這樣睡著的樣子。

因此我拿出我的素描本和鉛筆，就這樣坐在旁邊的桌子上，選擇了一個適當的角度畫她睡著如安靜小貓的模樣。這時候，我的廚房裡沒有燉煮東西，巷子裡也非常安靜，只有我的鉛筆在畫紙上摩擦構圖的聲音，我很久沒有素描人物畫像了。大概和陳慧靜離婚以後那半年，我畫了幾張陳慧靜的圖畫，但越畫越是心痛難過；有一天，我就決定完全不想念她了，雖然這是不太可能的事，往日種種幸福美好的快樂彷彿已經成為幽靈那樣纏困、掠奪我僅有的記憶，雖然很多事我無法很快地坦然忘記，但至少我可以控制自己不再用畫筆去思念對方……

但是我現在坐在屬於我的「有」牛肉麵館，再度畫起另外一個人，另外一個女孩子的畫像。

我畫人像的功力並沒有退步，不到半小時的時間，我就把周依涵的畫像畫好了。輕輕不發出一點聲音地，我將畫紙從素描本上撕下來放在周依涵身邊，而關於想要煮什麼口味給她吃我也一併想好了。

我想煮「九層塔提味清燉牛肉麵線」給周依涵吃。

記得我和陳慧靜結婚一年左右時，剛生下孩子並做完月子回到家裡的她，很快又得去上班。孩子在很小的時候幾乎沒有晝夜的觀念，隨時哭啼想喝奶、活動，因此我和妻子就得半夜輪流起床照顧小孩。她那時公司正接了一個香港大客戶的案子，精神壓力非常地大，在公司幾乎沒有時間用餐，而回到家裡也沒有什麼食慾；有一次她一邊抱孩子餵奶一邊告訴我，我們好久沒有在家裡吃牛肉麵了。我正想回答什麼，她卻又說，可是牛肉麵太油膩、口味太重，現在可能沒什麼胃口。

九層塔提味清燉牛肉麵線

「那麼清燉口味的牛肉麵怎麼樣？」

「好吧。」

我在廚房裡想了一下，麵線比麵條更細緻、彈牙，而且很容易輕鬆咀嚼，更適合非常疲倦、精神經常處於緊繃狀態的妻子，因此去買了牛雜、牛肉和牛後大腿骨的高湯材料，決定改煮清燉口味的牛肉麵線。

由於覺得如果放太多牛肉塊會讓產後的妻子覺得油膩而沒有食慾，所以在煮好的麵線淋上兩匙清燉牛肉高湯後，我只放了四、五塊牛肉，然後燙了青江菜並且切了些不太辣的紅辣椒絲放在麵線上裝飾；我想這樣還是不夠，又思考到薑絲能夠促進食慾，因此又切了些薑絲放上去，最後灑上幾片九層塔葉提味。原本顏色單調的清燉牛肉麵線，這下子變得色彩豐富，不但在味覺，視覺上也能刺激因產後上班疲倦的妻子的食慾。

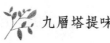

那時候妻子很開心地把那一碗九層塔提味清燉牛肉麵線吃完，還追加了一小碗。她說那是她那一陣子吃得最滿足的一餐，還笑我說如果以後教書交不下去了，可以開一家專門賣牛肉麵的小店。那時我們只覺得她在說笑，但沒想到現在我真的開了一家屬於自己的牛肉麵店。

我就這樣一邊懷想著往事，一邊煮了一碗店內菜單上沒有的「九層塔提味清燉牛肉麵線」放在周依涵身邊。那麵碗放在桌上的輕微響聲驚動了她。

「啊」地一聲，她說：「我竟然睡著了！」然後驚喜地看見我為她畫的圖畫。

「你竟然趁我睡覺偷畫我！」她雙手拿起畫紙，佯怒的語氣掩蓋不住高興的心情。

「麵要趁熱吃哦！」我提醒她。

「這是什麼麵？是麵線啊？」她放下圖畫，拿了筷子輕輕撥開蓋在青江菜下面的麵線。

「九層塔提味清燉牛肉麵線。」我說。

「菜單上沒有吧？」她疑惑地仰頭看著釘在牆壁上的價目表。

「這是為妳另外煮的，希望讓妳振作精神。」

「嗯！感覺一定可以的，看起來好豐盛哦！」她開始低頭吃她眼前的麵線。發出了細微嚼食的聲音。

有人煮麵，有人吃麵，其實這也是一種小小的幸福。

牛肉麵的
幸福滋味

篇十　丁骨牛小排麵

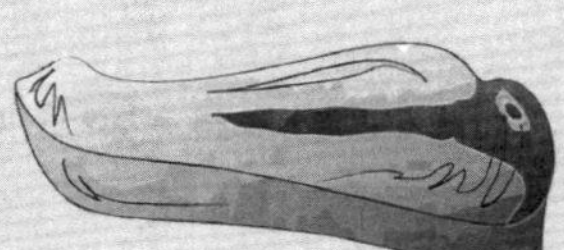

有一天晚上我接到兩通電話。一通是周依涵打來的，她開心地跟我報告她應徵上某家公司業務企畫的職缺，聽她自己的陳述，她認為自己的表現並不理想，我不知道她為什麼會應徵到這個工作，但這真的是件值得慶賀的事情；另外一通電話是一位姓戴的老伯伯打來的，他是以前眷村的鄰居，我爸的好朋友，前幾年在南部買了一塊地過著隱居般的生活，最近因為他老婆的耳朵有點毛病，想到北部大醫院來作檢查，順道想來我的牛肉麵店裡用餐。

「可以做丁骨牛小排麵吧？」他說：「我們很懷念你爸爸滷的丁骨牛小排。」

「我盡量，不過伯父你別期望太高，我做不出我爸那種味道出來噢！」

「這我知道，兒子如果完全跟老子一模一樣，那就沒意思了。」

我和他以及他老婆在電話中都分別問候了一下，聊一些近況，並問明了他們要來我店裡的日期才掛上電話。掛上電話後我疏鬆了一下自己的手指。怎麼說呢？店裡並沒有「丁骨牛小排麵」這道料理，因為店裡的客人就那麼多，如果我準備太多種類的牛肉麵，不但我自己會忙不過來，而且也會累積浪費相當多食材。但既然爸爸的老朋友、我的長輩開口吩咐了，我只好打了電話給送牛肉到店裡的肉舖，請對方在那對老夫婦來我店裡的前兩天多送一些丁骨牛小排到店裡來。

如果認真考究丁骨牛小排，它的油脂非常多，適合以炭烤的方式來處理；當烤熟時，骨肉會自然分離，而且發出嗤嗤的響聲，所以即使只聽聲音，也會令人非常想放開食慾大吃一頓。牛小排的肉很結實，當燒烤全熟後，咬起來有一種焦脆、耐咀嚼的口感，可以非常豪爽、粗魯地大口食用，就好似在曠野中面對枯黃芒草吃晚餐的那種感覺。

不過我父親的丁骨牛小排是用滷的，用八角、草果、甘草、桂皮、花椒粒等中藥材，並配上比較好的老薑下去滷。

通常爸爸除了牛小排外，還會連牛腱、牛筋、牛肚、牛腸之類的食材一起滷，因為是非常豪華的料理，所以大概只有過年前後可以吃到。因此如果讓我說起來，滷丁骨牛小排大概是我童年時對於年菜的味覺記憶吧？

處理這樣的滷鍋其實是相當麻煩的事，因為牛腱、牛筋和牛肚、牛小排的浸泡燜煮時間都不同，因此小時候的我就得拿著一個小鬧鐘待在大滷鍋旁邊，依照爸爸的指示放進食材烹煮。雖然一直待在滷鍋旁邊沒什麼好玩的，可是聞到原本的食材逐漸散發出讓人覺得肚子非常餓的那種食物香氣，用力吸入那種氣味卻也是一件幸福的事。

當然，現在我每天都會聞到這種牛肉湯的香味，而且事實上，我們的記憶裡對於圖像式的記憶清晰度遠大於對味覺的記憶。因此在我腦海裡，大約只能夠記得當時在滷鍋旁如看顧巫師煉金爐的我，而滷鍋的形狀外觀、鍋子上因為碰撞產生的凹痕，或者被爐火燒出來的黑褐色痕跡，我都記得相當清楚，唯獨當時的「氣味」已經相當模糊而無法正確形容出來。但在我記憶深處，仍然固執如生氣的小孩般地認為那種氣味是最幸福的。或許，我應該修正一下，和父親相處的氣味是最幸福的。

但事實上，牛肉高湯的氣味和父親的氣味，在我的生命裡幾乎劃上等號。而且關於這樣的主張並非只有我獨有而已，我想父親的那些老朋友、老同事，大多也能夠認同我的主張，因為他們來牛肉麵館裡找我的時候，多半也會提及我的「氣味」和父親那鍋牛肉高湯氣味的比較。他們多半都推崇、讚美父親的氣味而抑貶我的味道，只有在我臉色變得有些不愉快的時候，才會稍微鼓勵我幾句而已。

但不論如何，當他們來到我的牛肉麵館，一邊吃著我烹飪的食物一邊懷念我的父親，並且感懷我父親那鍋牛肉高湯以及牛肉麵的味道，還是讓我非常高興而且心生感激的。

那天戴老伯伯他們來的時候，我的丁骨牛小排已經在滷鍋熬了整整兩天，因為依據我爸爸的祕方，要讓丁骨牛小排能夠滷得入味，就得用小火慢慢熬煮個兩天。當然，如果是只有熬煮個一天半或者一天，我想吃起來口感應該不會相差太多，有點類似小學生跑操場那樣，跑個五圈或四圈操場，事實上都有運動到身體才對。不過或許真正口味刁鑽的美食家可以吃得出那滷整整兩天和滷一天之間的差異也說不一定。

而我父親的朋友，幾乎都被我父親養成了對牛肉料理非常刁鑽的口味，因此每當這些年長的客人預定來訪，我一定都會規規矩矩地按照父親遺留下的食譜來料理食物，務必讓食物的味道無限接近我爸爸的味道。當然，這就像天文學家觀察一顆宇宙流星一樣，即使它非常、非常地接近地球，但事實上離地球也可能有數百公里之遠那樣的距離——我沒有辦法讓我的味道完全像我父親的味道。我曾猜想過，這其中或許有相當多的因素：牛肉的肉質、鍋具的大小、瓦斯爐的火力、醬油品牌以及各種調味料細微的變化，種種可變因素累積起來，就讓我們兩個人的味道有天壤之別。當然，我想最重要的原因，還是出自於品味者的心態和無法重來的記憶美感。

他們大約下午兩點左右才搭計程車來到巷子口，反正店裡沒有客人，我還特別到巷子口去迎接他們來我的牛肉麵館。戴老伯伯穿著一件幾十年沒換的灰色薄外套，顏色已經褪到接近白色，那衣服的樣式讓人感覺到一種疲憊的氣息，就好像這外套堅持了幾十年外套的形狀，有點累了，想要變成其他東西似的。雖然不太冷，但老伯身上還穿著黑色的毛衣背心，有點駝背地攙扶老婆下了計程車。

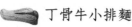

我在很小的時候就認識他們了，他們那時候就有戴眼鏡，老伯戴的是褐色粗框眼鏡，伯母則是細緻的金邊眼鏡，現在兩個人戴的眼鏡還是那時候的樣子，但臉上皮膚明顯鬆弛了很多，有許多皺紋和老人斑。我陪著他們走了一小段路，伯母問我：「小邗，你戴伯伯前幾天就一直提到要來你這吃丁骨牛小排麵，你有好好準備吧？」

「有、有。份量保證讓你們吃到飽，不過口味我就沒有什麼把握了，畢竟我抓不準我爸爸的那種味道。」在我這種年紀，已經很少人會叫我小邗了。這樣叫我的名字讓我有些懷念，就像懷念老電影當中某些令人印象深刻的台詞那樣。

我引戴老伯兩夫婦到我經營的這家牛肉麵館，兩人先站在店門口探望了一下子，看到店門口用毛筆行書字體寫著「有」的這個招牌，感嘆了一下，他們對我評論道：「小邗，你父親在世時有一次跟我們一邊看電視一邊聊天，他就說以後退休想頂一家麵店，就叫做『有』。結果沒想到你辭了老師不幹，真的開了這樣的牛肉麵館……」他拍拍我的肩膀，好像感嘆著什麼，那種濃密的虛無感受，有點像黃昏天空的顏色，讓人怎樣都沒辦法高興起來，卻又不一定覺得悲哀。

他們在我的店內找了一個自己喜歡的位置坐下，我為他們倒了杯熱茶，然後請他們等一下，便轉身去櫃檯後面的廚房料理他們好久之前就點好的食物——丁骨牛小排麵。

這道店內菜單上沒有的料理，我特地選了比較細的麵條，比起粗而有Q勁的麵條來說，細的麵條比較容易咀嚼，而且容易入味；為了配合老人家的牙齒，我也特別把牛小排熬了一下，讓它非常地軟，幾乎到了可以用筷子輕鬆把肉分開的地步。將煮好的麵條放進麵碗後，夾了兩塊丁骨牛小排擺在上面，再用大湯杓淋上兩杓高湯，並特別放入兩塊滷得入味的紅蘿蔔增加高湯的甜味。我記得父親煮這道料理的時候，還會放上一些綠豆芽，不但可以增添整碗牛肉麵的色彩，咬起來也有種清爽的口感。我依樣畫葫蘆地在兩碗麵上頭灑上綠豆芽。

我把麵恭敬端上兩位老人家的桌前，有點戒慎恐懼如應付教師甄試的口考委員那樣。父親的朋友們總是最難應付的一群饕客，但戴老伯和伯母兩人都沒有說話，只是對我溫和微笑，點頭示意，然後就安靜吃起他們面前的牛肉麵。

我回到櫃檯前面，假裝用乾淨抹布擦杯子，一邊側耳偷聽。

因為伯母的耳朵不太好，因此他們講話非常地大聲，即使我坐在櫃檯前面也能夠輕易聽到。他們談起很久沒有吃牛肉麵，尤其是這種帶有骨頭的牛肉，老年人牙齒不好，怕咬到骨頭就崩牙，而且吃肉對身體負擔大，因此他們幾乎很少大塊吃肉。伯母一邊吃一邊笑得很開心，不時說著很好吃、好懷念、好久沒吃，這樣重複、有些單調但卻有一點點小幸福的話語；戴老伯也覺得這丁骨牛小排肉質非常軟，吃起來很愉快。當然，他們也難免感嘆我父親的事，但仍誠實地相互應證著說，他們似乎已經忘記了我父親那碗丁骨牛小排麵的味道了，只覺得我端上來的這碗麵，彷彿在形式上確實非常像我父親請他們吃的那種味道。

他們還沒吃完麵，我就看見周依涵穿著上班的窄裙制服不知道憤怒什麼地氣沖沖地走進我的店裡，我抬頭看了一眼掛在牆壁上的時鐘，對她打了聲招呼，然後說：「還沒到下班時間吧？妳今天怎麼有空來。」

「不是下班時間不能來嗎？經理放我假。」我曾說過周依涵是一個個性非常透明的女孩子，她整個人就像一塊白水晶那樣透明，任何情緒都令人一目了然。

但我不太相信她公司的經理放她假，於是用非常疑惑地眼光看著她，又端詳了一下她氣呼呼的臉，才發現我忘記給她倒杯茶了。雖然這不是她生氣的主因，但熱茶可以讓人的身體稍微放鬆，也能夠緩解不愉快的心情。

她坐下來喝口熱茶以後才說，今天早上，她被公司的男同事性騷擾了！對方先說一些黃色笑話，然後撫摸她的屁股，當周依涵表現出自己不悅的態度時，對方非但不予理會，還繼續嘗試摸她身體的其他部位。

周依涵於是跑去跟公司經理告狀。但公司經理卻表示希望周依涵能暫時當作沒有這回事，他會請那個男同事下次不要這麼做；而周依涵則堅持希望對方道歉，所以經理便要周依涵今天先回家休息，緩和一下情緒，明天再來上班。接著就不肯再跟她繼續談下去了。

「人生難免遇到麻煩的事。」我想起了我的理論，那就是一般人的身體好像都有種對於「麻煩」或「辛苦事」的磁力，讓我們的生活無時無刻都會遇上不開心的事情。

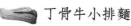

「你因為自己一個人開麵店，所以很輕鬆吧？」周依涵皺著眉，瞪著我說道。

「也不是這麼說的……」雖然我也可以舉出一大堆關於經營牛肉麵館非常麻煩而且辛苦的大小事，但顯然，提出這樣的理由向對方抗辯是相當幼稚的行為。

「我只是覺得上班真的好辛苦噢！不能像學生時代那樣……」

這有什麼辦法？人本來就得學著長大，然後過獨立而辛苦的生活；有些人能夠非常享受辛苦、壓力帶給自己的成就感，但大部分的人都是因為不得已而勉強自己繼續忍耐目前的生活模式而已。雖然說現實的這種情況讓我們想起來會非常地感傷，但我們人類多半可以從這些讓我們覺得辛苦、麻煩的感傷裡找尋一些小快樂，例如吃一顆好吃的糖果、喝一杯咖啡然後輕輕嘆一口氣，或者來到我的店裡吃一碗還不錯的牛肉麵，這都是讓我們能夠從煩憂中暫時抽離出來的一種方式。

「要不要吃一碗牛肉麵，今天剛好也有特製的麵噢？」我轉移了話題，對周依涵說道。畢竟她公司的煩惱，不論性騷擾啦或者業績什麼的，都得由她自己去面對處理才是。

「特製的麵？九層塔清燉牛肉麵線嗎？」周依涵疑惑地抬頭看我。

「不是……」我指著另一桌那兩位父執輩的客人，然後放低音量對周依涵說道：「他們是我先父的老朋友，從南部上來，特別囑咐要吃丁骨牛小排麵。我額外多滷了五、六塊牛小排，要不要來一碗？」

「我不喜歡吃有骨頭的牛肉麵。」周依涵猛搖頭，把自己的頭搖得像波浪鼓似的。

「人生偶爾也會有類似牛肉骨頭的部分，很難啃，但骨頭旁邊的肉其實咬起來更有嚼勁、更鮮美噢！」我提醒她。很多人喜歡吃牛小排，也是因為牛小排的肉質特別好吃。

「真的是這樣嗎？那我也要一碗……」周依涵有點猶疑，但是還是點了點頭。

牛肉麵的
幸福滋味

篇十一　牛肉炒麵

周依涵上班以後，雖然聽她提過上班的公司離我這家牛肉麵館走路大約只要十分鐘的距離，但可能因為跟同事吃飯或上班非常累的關係，最近很少出現在我的店裡，自從她上次來我店裡嚷嚷被性騷擾，然後吃了一碗牛小排麵以後，就再也沒有來過。但來我店裡的客人就像秋冬時飛往南方的候鳥那樣，所謂的南方風景，不可能特別去在意今年候鳥多了哪幾隻或少了哪一隻；而且我也不是那種非常希望店裡生意變得忙碌的牛肉麵館老闆，因此少了一些來客正可以少洗很多麵碗和筷子，這也是值得高興的事情。

當然有時候，我也會幻想自己是超高人氣牛肉麵店的老闆，站在廚房裡吆喝三、四個穿白色廚師服的傢伙們煮麵、切牛肉、淋高湯，一方面盯緊店面裡穿服務生制服的工讀生有沒有手腳俐落地招待客人、建議菜單和上菜，同時還要注意廚房備料、食材是否足夠以便隨時叫員工打電話訂貨；然後如果有重要的客人、或經常帶很多人來消費的常客上門，則要趕緊面帶微笑上前歡迎錢袋上門。這樣的生活，幻想個十秒鐘會非常地愉快，幻想了三分鐘以後就會覺得有點疲倦，就像小鳥適合在枝頭上跳躍、飛翔，老鼠適合躲在地洞裡面偶爾探出頭來覓食，我也只適合有點冷清的牛肉麵館。

不管周依涵或者其他客人來不來我的店裡，我還是一樣地每隔幾日熬一種口味的牛肉高湯，每天打電話訂不同種類的麵條。沒有客人的時候，自己喝茶，畫圖。大多數時候我都是只用素描鉛筆畫畫，因為如果把畫架搬到店面裡，然後攤開畫具、放在原本該是讓客人享用牛肉麵的餐桌上、再把顏料擠到調色盤上地在牛肉麵館裡畫圖，雖然有一種不合時宜的快感，但就一個牛肉麵館老闆的身分而言，這樣做還是太過份了，而且難免給上門的消費者非常不好的觀感。因此，我通常只是用鉛筆素描，畫牛肉麵、畫香料、畫店裡的裝潢或者小巷子裡的景色。店裡雖然有報紙，這是我每天開店前去便利商店買來放在店裡讓當天不知道哪些會看報紙的客人看的，但我自己卻不太看報紙，因為報紙上那些幾十萬字的文字好像非常無意義的排列，只是昨天生活的世界裡那一點殘渣遺留到了今天吧？如果到了明天，那些殘渣就會更顯得沒意義，再到了後天呢……所有報紙文字的內容很可能連後世歷史學家都沒有興趣研究。

或者說，報紙上的副刊還值得一讀吧？可是我喜歡的作家曾經說過，作者過世不超過三十年的作品他都不讀（或者四十年？），因為世界上可讀的東西實在太多了，沒有經過時間汰選過的文學作品得需要花費時間和力氣去挑選，如果浪費了幾個小時閱讀沒必要閱讀的東西，那就浪費了生命裡唯一的當下的那幾個小時；而且，如果真正有價值的文字，不可能只出現在報紙副刊上，它一定會出版的，等到出版的時候再去買書就好了。當然也得估計到作家不想出版的情況，但如果是這樣，少讀一、兩篇好作品或幾十篇好作品，事實上對我的人生一點影響都沒有。這樣思考起來，於是造成我每天買報紙讓上門吃牛肉麵的客人讀，自己卻不看報紙的奇怪習慣。

我每天早上依舊這樣買報紙回來，然後開始清掃店面，把昨天晚上收拾倒放的鍋具放在正確的位置，打開瓦斯爐將煮麵鍋的水煮沸，並且用小火將牛肉高湯維持在保溫的程度。陸陸續續會有客人上門，吃麵，看報紙，付錢，離開，到了晚上接近九點的時候，我就開始收拾店面，收拾鍋具、碗盤，並且把椅子倒放在餐桌上，然後掃地、拖地，這是每天都要做的。有一天大約九點三十分，我已經把店裡清潔工作做得差不多的時候，穿著公司制服的周依涵才神色疲倦地走進我的店裡。

「啊！打烊了？怎麼這樣，我想吃牛肉麵的噢！」周依涵看見店裡的椅子都倒放了，而且我也把廚房的電燈熄掉，只留下店面的日光燈。她有點失望。

「不好意思。妳看起來好像很累的樣子？」

「對啊！超累的，連續好幾天加班、被罵，我想吃牛肉麵補補元氣！」周依涵說完，對我眨眼睛撒嬌：「我要吃嘛！你煮得牛肉麵不會死鹹，沒有很重的醬油味！牛肉的味道很甘醇，我喜歡吃。」

「可是麵鍋都洗好了，連高湯都收進冰箱了。」我擺擺手，表示歉意說：「真是很對不起，下次妳來多請妳吃一盤小菜。」

「可是人家今天就想吃牛肉麵，不然我不知道我可以吃什麼了……我晚餐到現在還沒吃哩！」

「因為加班的關係嗎？」

周依涵疲倦地點點頭，竟然就自作主張地把我倒放在餐桌上的椅子拿下來，整個人彷彿攤在椅子上，然後她把頭埋在桌子裡，用接近昏迷的那種聲音對我說話：「我好累、好餓，如果沒有吃牛肉麵，只是吃超商微波便當或者二十四小時營業的咖啡館那種品質的小蛋糕或三明治，我一定會死掉。」

「有這麼誇張嗎？」

「有、有……」周依涵線條優美的下巴頂著桌面，非常慵懶地點頭，她說：

「真的快要死掉了噢！就像不再發出叫聲的小鳥、柔弱無力地躺在草地上的松鼠、沒有辦法再豎起耳朵傾聽聲音的兔子那樣，我就快要餓死了……」

「可是麵鍋真的收了啊！什麼東西都收得乾乾淨淨……現在即使想為妳煮麵，大概也要半小時到四十分鐘以後才會煮好。」

「你怎麼這麼不負責任啊！如果有一隻受傷的兔子在你面前，你會怎麼做？」

「會覺得很可憐，心想不能把牠放在那裡不管，會帶牠去看獸醫。」

「那我肚子餓到快死掉了，你怎麼不管我？」

「好啦……我請妳去吃東西怎麼樣？」不管怎麼說，我今天不打算再煮麵了，如果重新在麵鍋裡注入自來水、煮開、下麵條，那等周依涵吃完麵離開以後，我還要重複一次洗麵鍋、清洗流理台、擦拭瓦斯爐、擦桌子和椅子、洗碗、把剩下高湯和牛肉塊冰進冰箱的動作，這樣我可能要晚兩個小時才能休息。

「你知道哪裡也有好吃的牛肉麵？」周依涵眼睛一亮。

「我可以帶妳去我偶爾會去吃宵夜的地方，就在附近。」我說。

「好吧！如果你要請客的話，我就答應了。」周依涵不太情願地站起來。

「妳還得再等一下，我得再做一下清潔工作，然後把招牌收進店裡來。」

「啊！好慢噢！快點嘛！」周依涵彷彿聽到什麼讓全身喪失力量的咒語似的，又頹然地坐下來。

我把店裡清潔工作告一段落以後，關上店門，帶周依涵走了一小段路。她絮絮不休地像湍急的流水似的告訴我她公司裡發生的事：影印機故障、日光燈一閃一閃的、接電話時沒有依照公司的 SOP 電話禮儀對答而被前輩唸、茶水間有人把泡麵的保麗龍碗放在飲水機上、有一個客戶針對文件上釘書機的位置不斷打電話來、經理對文件內文行距的嚴格要求……這類的事情，她一件一件地加以評論並且報告給我聽，而我也會偶爾回應自己的看法，然後還跟她聊起這幾天有什麼樣的客人來到店裡。例如，有一個四十幾歲的男性熟客在店裡掉了一個女用錢包，半小時後才回來店裡找，他有點不好意思地說，本來妻子是把這個錢包給女兒用的，但女兒不喜歡，他妻子就把這個零錢包塞給自己用，他想只是用來裝零錢和不常用的證件，又不太會有人注意到他一個男人用非常女性化的少女零錢包，所以他就這樣用了幾個月；沒想到那時錢包掉了，他一路上詢問公司同事、超商店員、藥局店員（他去買了頭痛藥）然後才來問我有沒有看到粉紅色兔子圖案的錢包，被好多人投以疑惑的眼光讓他覺得非常尷尬。

我講出這件事的時候，讓原本絮絮抱怨的周依涵開朗地哈哈大笑，甚至引起夜歸路人的側目。

當我們走到附近小公園的一條巷子時，周依涵變得有點沉默起來。我不知道為什麼，可能因為這條巷子是附近夜市攤販聚集的地方，商家叫賣的聲音和路人聊天喧嘩的聲音非常吵雜，因此相較之下，我們變得比較安靜也說不定。我帶周依涵走到一家搭著棚子賣牛肉炒麵、羊肉炒麵及炒飯的小吃攤，即使在冬天，老闆也穿著白色背心和迷彩褲，皮膚黝黑、樣貌粗豪的他吆喝著我們說道：「來吃噢！炒麵、炒飯都有噢！」

周依涵表情顯得有些落寞，她問：「就是這一家嗎？」

「妳不喜歡嗎？那我們去別的地方……」我打算如果周依涵不喜歡這家店的話，就只得叫計程車到比較遠的咖啡館去了。

「誒……沒有哇！那就這一家好了。」周依涵先走了進去這攤販的布棚裡，紅色的布棚裡有四張簡單的桌子，這時候只有一桌有一個年輕的男客人低頭吃著炒飯。我想，如果一個年輕的女孩子應該不會坐在這裡吃飯，即使覺得這家店的炒飯便宜、好吃，多半都會外帶回住處吃吧？

周依涵向前來招呼的老闆說道：「我要牛肉炒麵，加一點點辣！」

「我也是。」我對老闆說。

下巴留著些許短鬚，方臉粗獷如三國時代張飛樣貌的老闆爽快地答應了。扭開瓦斯爐，大火在炒鍋下竄燒彷彿咆哮的惡龍，老闆淋上兩匙沙拉油熱了油鍋，豪邁地抓了一把辣椒末、一把蒜末放進油鍋爆香，頓時嗤嗤冒出白色煙氣，接著他抓了兩把油麵丟進炒鍋，以大湯杓充當菜鏟在鍋裡攪拌麵條使之受熱均勻，大約幾分鐘後，他用夾子夾了一些煮熟的牛肉絲放進炒鍋裡，繼續叮叮咚咚快炒，大火快炒逼出了牛肉的香氣。

然後他抓起大把洗淨並切成幾小段的菠菜直接放進炒鍋中，湯杓將菠菜、牛肉絲和炒麵攪拌成料理的三重奏。

最後，老闆繼續拿著那根湯杓，蜻蜓點水般地從旁邊裝調味料的鐵罐裡舀了一些調味料加在炒鍋中，這樣的動作重複了六次，可能加了鹽、味精、烏醋或他自己特製的調味料。隨後炒鍋微微一側，大火燒進炒鍋裡如火柱向上竄燒，這時老闆蓋上鍋蓋，悶燒了幾秒，再度打開鍋蓋，用大湯杓輕鬆寫意如我拿畫筆在調色盤上沾顏料似的，把炒鍋裡的牛肉炒麵分成兩盤，迅速端到我們面前。老闆這種豪邁如街頭藝術家的廚藝，我想是我怎麼樣都學不來的，因此每次我來這裡吃宵夜時，我都會看得非常入迷。

「快吃吧！謝謝你的招待。」周依涵幫我拿了桌上的衛生筷放在我面前。

「謝謝。」

我們兩個人非常安靜地吃麵，雖然巷子裡其他人的聲音很吵，那個張飛形象的老闆也不斷用討債似的大嗓門吆喝路人上門消費，但我們兩個人的世界卻好像相當沉默，只聽到彼此咀嚼麵條、菠菜和牛肉絲的響聲。

哦，還有周依涵不斷深呼吸，彷彿調整心情或感嘆什麼的聲音。

吃完了牛肉炒麵，我付了錢走出店裡。我們兩人走到大馬路旁比較安靜的人行道後，我對她說：「妳好像常去那一家攤子，一進去就知道點牛肉炒麵，而且要一點點辣。」

她沉默地點點頭。

「真的常去啊？那家攤子的牛肉炒麵，加一點點辣椒是最好吃的噢！其他的就沒有那麼好吃了。」

「我知道，我和前男友常去……」她深呼吸了一口氣，像從糖果罐裡倒出有點酸酸甜甜的軟糖那樣對我說道：「我和男友交往了三年噢！從大二的時候就開始，我們通常每週五會去看電影，看晚上七點到八點半左右上映的影片，那時候很無聊……約會的時候不知道該做什麼好，因此好像有默契地就決定去看電影了！因為每週都去看電影，所以並不是特別挑選真的很想要看的電影，而是從附近電影院中正上檔的影片裡選擇我們沒看過的、感覺起來比較有趣的影片看，看完電影以後通常十點或十一點了，然後我們會走一段好遠的路來這裡吃宵夜，我和他也都喜歡吃牛肉，很快地我們就發現那一家攤子，而且也發現牛肉炒麵特別好吃……」

「然後那家老闆會建議加辣，即使不吃辣的人，他也會強力建議加一點點辣椒就好。」

「對。」周依涵點點頭。她美麗的臉上露出笑容，那是一個有點惆悵帶著些許感傷的笑。

她又說：「在學校的時候，我們就是這樣幾乎每個禮拜去吃牛肉炒麵的噢！當然要準備期末考試、交作業或下雨天的時候就不會去了，但不管怎麼樣，幾乎有去電影院的時候，我們就會去吃牛肉炒麵。牛肉炒麵和電影院幾乎是我們約會的代名詞了。」

「對不起，我不知道這件事。」我有點歉然，如果有個女孩子請我吃飯，卻是帶我到從前我和那離婚妻子常去的餐廳，我一定也會相當感傷。

「嗯……我曉得你根本不知道這件事，所以是沒有關係的。只是讓我非常訝異，原來你跟我……還有他竟然有相同的口味。」周依涵抬頭問我：「你什麼時候發現那家店的？」

「差不多是三年多前。」

「那跟我們差不多時候呀！如果那時就認識你的話有多好？」周依涵把手放在胸前，彷彿無意識地撥弄自己的手指。

我不確定周依涵講這句話是什麼意思，因此我並沒有回應她。

她安靜，而我也保持沉默。我們就這樣繼續走路，然後在紅燈的路口停下來，等到綠燈亮的時候繼續走，兩個人走到連鎖藥妝店，她看了一眼正特價的量販面紙，然後繼續走。大多數的店都關門了，只有便利商店仍燈火通明，亮光照到暗紅色的人行道上，也照在她黑色的制服套裝和我的墨綠色外套上。

我們轉了幾個彎，穿過另一個路口，又等了幾個紅綠燈，終於在我牛肉麵館的那條巷子口停了下來。

周依涵歪著頭，嘟起嘴巴對我說道：「你害我想起以前很感傷的事，你下次得再陪我去吃牛肉炒麵。」

「好的，我知道了。」我點點頭。

「你感覺好像很不情願的樣子？」她皺起了眉頭。

「沒有，我很樂意。」我重複了一次：「我說，我很樂意。」

篇十二　香鬆海苔牛肉拌烏龍麵

好像有時候會有這樣的錯覺，就是說，如果覺得現在非常安靜閒適沒有任何麻煩會找上門來，可以好好喝上一杯茶或者做點什麼休閒娛樂的時候，麻煩就會出現了！這的確就像我先前主張的——一般人類的身體對於「辛苦事」、「麻煩事」有一種奇怪而莫名的磁力。

這天一直到晚上七點半左右，晚餐時間只來了兩個客人，分別點了番茄牛肉麵和原汁牛肉麵；等客人吃飽離開時，我收拾了他們的空碗，然後坐在客人用餐的座位，為自己斟了一杯茶喝。這時候，一位有幾天沒見到的女孩帶著一個哭哭啼啼的小男孩走了進來。

「歡迎光……呃？妳兒子？」我看見來的客人，是已經變成熟客的周依涵，她身邊卻帶著一個從來沒見過的小孩，看模樣大約五歲左右，好像剛剛跌倒了，膝蓋上有一個還在流血的小傷口。

「你兒子啦……我看他在路上哭，而且跌倒流血了，想起你的店就在附近，就把他帶來你這裡了……」周依涵她叉腰而且瞪大眼睛跟我解釋，然後柔聲對我說道：「你有什麼OK繃沒有？幫他止血一下。」

我先從桌上抽了一張餐巾紙蹲下來幫小男孩止血，然後要小孩壓著。點頭對周依涵說：「有的，我去拿。」

我從廚房流理台上的壁櫥把急救箱拿下來。在廚房工作偶爾會有燒燙傷或刀傷之類的事情發生，但因為我已經很習慣在廚房工作了，所以也很久都沒有用到急救箱裡面的藥品。

小男孩在周依涵的安撫下，坐在椅子上仍斷斷續續地哭泣，我拎著急救箱蹲在小男孩面前幫他擦上優碘之類的消毒藥水，因為小男孩的傷口超過了OK繃的覆蓋範圍，因此我用紗布折疊起來蓋住傷口，然後用透氣膠帶黏上。

「你好像很熟練？常受傷還是幫誰這樣治療傷口？」周依涵瞅著我的眼睛看。

「以前剛開店的時候是比較常受傷啦！不過我以前教小學……還有我孩子以前也是很活潑喜歡跑跑跳跳把自己弄受傷，很多時候都需要幫孩子處理傷口。」我很久沒有跟小孩子相處了，我盡量讓自己的聲音放得柔和，盡可能把聲音壓低一點，帶一些氣音，講話速度慢一點，然後跟眼前受傷的小男孩說話：「知道你家或者你媽媽的電話號碼嗎？你打電話叫他們來這裡接你。」

小男孩點點頭，我把自己的手機遞給他，讓他自己去打電話。小男孩似乎是打電話給他的母親，講沒幾句話就哭了，他媽媽在電話裡怎麼問，男孩都說不清楚，我只好接過電話來跟她母親對話，告訴她孩子很平安，現在在我店裡，然後告訴對方我這家牛肉麵館的地址。小男孩的母親說，她有跑去警察局，現在知道小孩在哪就放心了，大約再半個小時左右就會來接孩子。

「哎，要半個小時啊！」我原本想一邊喝茶一邊看畫冊的悠閒時光被打斷了。為了讓小男孩不要再哭了，我決定去煮一碗麵給他吃。

香鬆海苔牛肉拌烏龍麵

煮一碗同樣是菜單上沒有的牛肉麵——香鬆海苔牛肉拌烏龍麵。

其實這是一道非常簡單的料理，是我兒子黃明祐小時候很喜歡吃的一種牛肉麵。在明祐五歲的時候，那時我還沒有跟前妻離婚，但因為彼此工作非常忙碌的關係（那時我兼了學校美術升學班導師的職位），讓我們感情已經有點冷淡；但可能是因為有婚姻關係、有孩子的緣故，我們不得不承認對方在自己生命中的存在。當時，在我空閒下來煮牛肉麵給一家三口享用的時候，大概算是我們全家人比較溫馨的時刻。

為了配合年紀非常小的明祐，我選擇了他喜歡的烏龍麵條，在牛肉麵裡頭加了大多數孩子們都會喜歡的香鬆和海苔。這道牛肉麵的作法非常簡單，就是把烏龍麵煮熟放進麵碗後，用沸水汆燙牛肉片擺上去，再淋上一點點原汁牛肉高湯，然後擺上差不多和牛肉片同等面積的海苔片，最後灑上香鬆就完成了。

雖然我的小明祐已經長大變成了在日本神奈川縣的一個高中男生，但我仍然沒

有辦法忘記作這道料理的手感

而即便一般牛肉麵店裡可能不會有海苔片或香鬆這種東西，但因為之前有客人送我海苔禮盒，加上我又住在店面二樓，所以像香鬆、肉鬆或者鹹花生這種東西，在二樓的冰箱裡都有。

很快地，我就把這碗牛肉麵煮好，端出去放在那受傷哭泣的小男孩面前。

「別哭了，叔叔請你吃牛肉麵。」我說。

小男孩停止哭泣，睜大濕潤的眼睛看我，好像春天下過雨後的天空那樣的清澈。他點點頭，有些笨拙地拿起筷子，然後慢慢地嚼食眼前的小碗牛肉麵。

周依涵頗有興趣地看著小男孩吃麵，我則端著我剛剛倒好的茶走到櫃檯邊去，這時才發現又忘記為周依涵倒茶了，於是急忙補上一杯茶放在她的面前。她捧起茶杯瞪了我一眼，倒不是因為茶的緣故，反而問：「那是什麼麵？我沒吃過。」

「香鬆海苔牛肉拌烏龍麵。以前我兒子小的時候，我常做給他吃。」我淡淡地回答道。

「對了！你有兒子。那碗麵看起來很清淡，而且有海苔，小孩子一定很喜歡吃……」周依涵歪頭看著眼前小男孩吃麵的動作。小男孩先是猶疑似地慢慢吃了幾口麵，然後大口咬起牛肉片和海苔，像小小的掠食者那樣專心地吞嚥眼前的食物。

周依涵捧著茶杯站在我旁邊說道：「你一定是個好爸爸噢！」

「別嘲笑我了，我都離婚那麼久，是他媽媽把孩子帶大的……」我苦笑說道。

「你們為什麼離婚呢？」周依涵很率直地將這個問句拋向我，讓我好像突然被石頭砸到似的，一時無法防備。

我緩緩嚥了一下口水，彷彿把往日苦澀那樣嚥進喉嚨，然後我說：「因為我們生活環境相差太大，她的工作壓力很大，而我要不時應付學生家長的問題……雖然我日後想起來，如果每天可以撥出時間好好跟對方聊天、說話，經常打電話問候對方，就可以避免這種情況發生。但這一切都來不及了。」

「那時你兒子幾歲？」

「小學四年級，他已經知道父母親相處得很不融洽，也知道離婚這回事。因為他班上也有一些單親家庭的孩子。」

我告訴周依涵，妻子陳慧靜正式跟我提離婚這件事的前幾個星期，下午五點三十分左右，我還在學校，她打電話來，告訴我可能要到日本去長期出差，也可能會跳槽到日本的公司去，說日方給的薪水是台灣的兩倍以上。我記得那時候有個家長正帶著他女兒憂心忡忡地擔心自己孩子會考不上國中美術班，我一面分心應付家長，一方面詢問妻子：「妳會講日文嗎？」

她在電話中聲音變得有點不悅，說道：「我已經學日文半年了，你不知道嗎？」

當她這樣說起來，我有點印象，她是有買了一些學習日文的書籍，偶爾也聽到她的電腦傳出重複日文句子的MP3；她是有在學日文，但我卻沒有注意，因為我們婚後相處的模式都固定了，很多雙方的小細節、生活風貌，就在這種覺得已經習以為常的模式裡被忽視。這有點像我們每天上班、上學走過的路一樣，雖然我們記得經過的巷口有家便利商店、附近有個郵局，每天早上七點半左右公車站牌有很多人等車，會經過一座白色的水泥橋，有一家賣衣服的店和連鎖書店……然而，當這段路走了大概一、兩個禮拜以後，我們就會對這段路途的風景感到沒有什麼趣味，接著就忽略掉沿途的風景，隨著日子一久，即使路上的風景有一些小變化，也會覺得無關緊要了。

很多人之所以對戀愛失去了往日的溫度，甚至也對生活失去了樂趣，那通常都是始於不曾關心對方或自己的生活細節。

等我理解到這一點的時候，我和她已經離婚了。

在那通電話中，我心不在焉地聊起如果她去日本的話，小孩的教育怎麼辦？她說日方那邊禮遇她，如果帶小孩到日本就學，會有一點教育補助，妻子說台灣太小了，應該讓小孩子儘早出國，培養具有國際觀的視野。我承認她講得沒錯，而她也發現到我並不是非常專心地跟她說話。

「黃君邗，你在做什麼？我現在跟你談小孩子的教育問題耶！」

「不好意思，我還有家長在這裡，我等一下再打給妳。」我連忙道歉。

「不用了。我是趁開會空檔溜出來打電話給你的，我等一下還要繼續開會，會比較晚回家。」根據和妻子的相處經驗，她所謂比較晚回家通常是晚上十一點以後了。

「現在還要開會？」

「我又不是在當老師，我們要配合客戶時間，而且我們自己本身業務也很忙的，經常要加班你又不是不知道。」

「那……妳辛苦了。」

「你去伺候你的學生家長吧！」她冷冷地掛上電話，連再見都沒有說。

隔週，因為我要看路口導護的關係，很早就帶著小孩出門上學；妻子會比我晚一個小時左右起床，梳洗、化妝，準備上班。下午的時候，我會比較早回家，通常是五點左右，即使有美術班的學生留下來畫圖，最晚在晚上九點前就會回到家；而她回家的時間也差不多都是九點以後，繃著一張臉不太說話，卸妝、洗澡、擦保養品、還有跟孩子說些話，那占去了她下班後大部分的時間。我們夫妻間事實上幾乎沒有什麼空閒的時間可以聊天。

我想，當我發現父親留下的那本計畫開牛肉麵館的小冊子時，之所以會毅然辭掉自己曾經熱愛的教職工作，說不定也和這有一點點的關係，或許是因為怨恨教書這工作、怨恨那長時間指導孩童繪畫的教學熱忱，讓我失去了和妻子對話的空間。

幾個禮拜後，她開始準備去日本工作的行李，同時也要我協助辦理兒子明祐轉學到日本去的事宜。我兒子那時大概只跟著媽媽學了五十音的發音而已，我評估大概沒辦法直接銜接到日本小學的課程，多半得先去上個語言學校；我曾試著和妻子詢問、商量這件事情，但她一副「我很忙，你不必擔心」的表情讓我閉上了嘴巴。直到他們要去日本的前幾天，妻子請了三天的假，回到娘家一天，然後第二天我煮了一鍋麵，一家三口坐在客廳一邊看電視一邊吃香鬆海苔牛肉拌烏龍麵，這時，妻子叫我到廚房去，在餐桌上我看見一張離婚協議書和一枝藍色原子筆，原子筆蓋已經打開了，她先行在協議書上簽了自己的名字。

「這是什麼意思？」

「我們長久以來的感情已經相當冷淡了，難道你不覺得嗎？」

「我是有感覺，可是不論什麼事，難道不能好好溝通？」我有點無力地坐在餐桌旁的椅子上，那張協議書，我連看的欲望都沒有。

「我們有什麼時間可以溝通？而且，我沒有心力跟你溝通了。讓彼此自由這樣會好一點。」

「幾年的婚姻，妳連溝通都不嘗試嗎？」

「我累了，只能說我們個性不合吧！」

「我不想跟妳離婚啊，我們曾經……」

她打斷我的話，用非常疲倦的聲音說：「別提以前了，我不想聽，黃君邗，請你趕快簽字吧！」我突然驚覺，我很久沒有聽見妻子快樂地對我說話。她可以很有精神地跟客戶、同事講電話，或跟在路上遇到的朋友愉快地打招呼。但是她面對我的時候，總是非常疲倦的樣子。

我提出了我的想法。

她錯愕了一下，然後點點頭，她說那不是因為我的緣故，是因為真的很疲倦，但面對外人不得不打起精神來快樂應對。

「然後妳因為這樣就覺得跟我在一起不快樂嗎？」

「別說這些了。我們都不應該再勉強自己，如果你不簽離婚……我在日本逗留個幾年，還不是一樣可以達到離婚的要件？關於這點我已經請教過學法律的朋友了。」

我仔細觀察陳慧靜的表情，發現我真的好久沒有認真看她的臉，她的臉變得好陌生、好陌生，就像一隻非洲的野兔看見日本北海道的紅蘿蔔那樣吧？覺得是很熟悉的食物，但卻又彷彿有什麼地方不一樣。我很沮喪地在妻子的脅迫下，看了正在客廳吃香鬆海苔牛肉拌烏龍麵的孩子一眼，然後拿起離婚協議書，沒有仔細看內容就簽了字。

「明天我還請假一天，我會在去日本前把這件事情辦好的。」我想即使是面對剛簽成合約的客戶，她講話都不會如此冷淡。在這一刻，我確實發現我在她心中的地位，遠遠比不上路邊的一個陌生人。

在客廳吃完了牛肉麵的明祐，看見我們兩人在廚房裡討論事情，揚起手中的空碗對我說：「爸爸，我麵吃完了，還有嗎？我還要……」

關於我和陳慧靜離婚的事，我對周依涵說到了這邊，就在這時，那個被周依涵拎回來的小男孩突然大聲朝店門口叫了聲「媽媽」，我們兩人像在夜裡聽到聲音的貓頭鷹一樣，轉頭望向門口，一個身材有點豐腴的婦人著急地站在那裡，接著就衝了進來拉起那小男孩的手往外走，還一邊絮絮地唸到：「你這小孩真不乖，怎麼可以跟陌生人到處跑……」之類的話，然後好像在匆忙什麼似的，急急把孩子帶離了我的牛肉麵館。那婦人壓根兒也沒有看我或周依涵一眼。

「誒，她沒有跟你說謝謝耶？」周依涵指著那離去的婦人說道。

「她也沒有跟妳說謝謝啊！」我說。

篇十三　咖哩牛肉麵

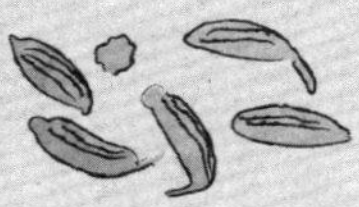

小男孩被她母親拖著離開我的麵館以後，就沒有其他客人進來我的店裡面了。周依涵聽了我剛說的這個有點悲傷的故事後，喝了一口茶，放下茶杯，走到店門口伸了個懶腰。巷子裡其他賣店五光十色的招牌燈光照耀在她身上，頗有一種奇異的氣氛。

「好久沒有看到月亮了。」周依涵說，然後她修正了一下自己的說法：「應該說好久沒有抬頭看月亮了，今天的月亮好皎潔的樣子！」

我也站到店門口，在城市的小巷裡，這時的月亮剛好在某棟藍色大樓和灰色大樓之間，像在石頭狹小縫隙裡拼命掙扎長出來的微小植物那樣，散發一種非常動人的光澤。周依涵她說，在城市裡看月亮和在郊外看月亮是不一樣的心情，如果像我們這樣站在城市裡某一條小巷子仰望天空，看到月亮其實是一種驚喜；因為城市裡的天空太狹小了，各種建築物遮蔽了天空的大部分，假設天氣又不太好，是怎麼也找尋不到月亮的呢！

「因此我心裡暗自覺得，如果在城市裡面抬頭看天空，而且三秒鐘內能看到月亮，至少會有一個小時的幸福噢！」她說。

「為什麼是一個小時？」我有點疑惑。

「只要有一個小時的幸福就夠了，很多時候我們連一個小時的幸福都沒有哩！」周依涵幽幽地嘆了一個非常長的氣，彷彿一條蛇滑過心頭的陰影似的。

「那在郊外看月亮呢？」

「如果是去鄉下空曠的地方，夜晚能夠看到月亮是理所當然的事，就很難有這種幸福的感覺了。」

「就是在很快樂的時候就很難獲得幸福的感覺吧？」我思考了一下她的講法。

「你很會抓重點噢！好像就是這樣的，真正快樂的時候我們很難去珍惜或發現我們正享有的幸福……」她在很短的時間內又嘆了第二個氣。我決定不繼續談這個話題，逕自走回店內。

周依涵在我的店門口看了一會兒月亮，然後轉身回來露出頑皮、好奇又有一點點膽怯的表情，一副想問我問題的樣子。我很難想像為什麼所有的女孩子臉上都能夠適時地表現出各種複雜的表情呢？我想說不定這是研究人類身體的生理學家們都還沒研究出來的課題也說不定。但現在我還是先弄清楚周依涵她想說什麼好了……

我把剛剛那個小男孩吃了一半的牛肉麵碗收起來，用抹布擦了擦桌子，並將剩下的食物倒入廚餘桶裡，然後才詢問周依涵：「妳好像有話要說？」

「我是想問……你們離婚後，你前妻帶著小孩很快到日本去了，你後來有見過你的小孩嗎？」她問。

「剛開始的時候，我們經常通網路電話……後來通 Email……他告訴我已經能用日語交新朋友。後來就很少聯絡了。」這次喚我嘆氣了，我仔細地從記憶裡抽取有關兒子的部分，然後轉化成語言告訴周依涵：「去年他有回來過，告訴我他參加了高中的棒球社，他們學校棒球社差點打進甲子園，他雖然只是候補球員，但仍然很高興地告訴我這件事。」

「哇，甲子園耶！那一定很厲害。」

「以前我曾幻想過和孩子一起丟棒球。不過那時的我從來沒想過，我會沒有機會和他一起玩球，也沒想到我的孩子會讀日本的高中，就像日本的棒球漫畫那樣為了甲子園揮灑汗水……」說著說著我就想哭了，急忙走到櫃檯後面蹲下來好像忙什麼東西似的，好避開周依涵的目光。

我蹲在櫃檯後面，打開底下的櫃子，故意發出一些撥弄碗盤、紙箱的聲音，然後聽見周依涵坐在她剛剛的位置上捧起茶杯，接著又問我：「你兒子回來的時候，你有帶他出去玩嗎？」

「沒有，他媽媽好像不太想讓我們見面。我前妻到以前的公司去拜訪老同事的時候，他搭計程車來店裡，我到巷子口接他。我們分開時他才讀國小，現在已經在讀高中，我幾乎認不出他來了……」

小明祐已經長得跟我差不多高了，他下計程車後四處張望一下，大概五秒鐘左右就發現我了。他大聲朝我叫了聲爸爸，然後用力揮揮手，和小時候的他有點像，但又好像哪些地方不太一樣。

他手上提著一個大木盒釘製的禮盒，那是他媽媽讓他帶給我的，是好幾塊真空包裝的日本鮪魚，我知道這只是禮貌上的禮物而已。我拍了拍明祐的肩膀，這幾年來我第一次碰觸到孩子的身體，一瞬間彷彿時間衰老了許多。當然我知道時間是不會衰老的，衰老的只是我的身體和心境罷了，因為突然發現兒子竟然長這麼大了，而我錯過很多他成長的過程，好像是誰一夜之間把我拋向遙遠的未來，讓我一瞬間衰老而看見孩子長大變成高中生的模樣；當然就現實情況來講，這只是我和前妻感情不睦，離婚分居之後造成的一種錯誤印象而已。我不確定我的兒子是用什麼樣的心情面對他父母失敗的婚姻，大概也問不出什麼所以然吧？在面對生活的世界或生命的體會上，每個人事實上都在自己的位置裡非常孤單，也許有時我們以為語言能夠傳達什麼，不過真實情況裡，我們都知道這是不可能的，我們只能很努力地在交談的片段中稍微觸及對方的心靈。

我和明祐聊了些他在日本求學的經過，他告訴我他參加學校棒球社的事，也告訴我他怎麼考高中、怎麼跟學校的女同學互動。雖然在下午兩點到五點左右，我的店裡通常生意冷清到可以用冰櫃來形容，但為了避免突發狀況的發生，我仍然在牛肉麵館的門口掛上了「休息中」的牌子以便可以專心跟兒子說話。我們一開始的時候，對話並不是很流暢，好像陌生人那樣，然後他彷彿不斷用思考的神經電流刺激自己記憶深處的片段，我們逐漸開始有很多話題可以聊，畢竟將近十年的離別，有很多事情來不及參與和了解，很多事情當時想跟對方說可是時間一久就忘記了，只得重新在龐雜的記憶庫搜尋、確認，最終化為語言向對方吐露。

明祐談到他和一個女同學正在交往。那個女孩子做了幾次便當給他吃，有蛋捲壽司、日式炒麵、馬鈴薯肉丸子……明祐的思考模式已經非常接近日本人了，不時夾雜著日語來對話，我當然不懂日文，因此他得花很多心力去尋找關於中文相對應的詞彙來跟我解釋。

「不過好懷念爸爸煮的牛肉麵……加了海苔和香鬆的那種……雖然日本到處都可以吃到中華拉麵，但那樣的味道跟爸爸的完全不一樣。我和媽媽偶爾也會談起爸你煮的牛肉麵。」

「經常談起嗎？」

明祐搖搖頭，他黯然說：「媽媽不喜歡談你。只有心情好的時候才肯跟我聊你的事，大概一年不到兩、三次吧？而且聊到你的時候，原本很好的心情也會變得不太好，她只是說你煮的牛肉麵很好吃。」

「想吃嗎？香鬆海苔牛肉拌烏龍麵？」

明祐抬頭看店內釘在牆上的價目表，然後說道：「我想吃咖哩牛肉麵。」他遲疑了一下又說道：「不知道我可不可以跟爸爸學煮咖哩牛肉麵？這樣亞希子（あきこ，Akiko）來家裡玩的時候，我也可以煮給她吃，說這是我爸爸教我的味道。」

「Akiko？」我試著模仿孩子的發音，這個發音聽起來像一個人名。

「是我的女朋友啦！」明祐爽朗地說，真希望爸爸你也能見到，她是一個很可愛的女孩子。

「那來吧……我們來煮新的牛肉咖哩高湯。」我拍了一下自己的大腿站起來。雖然店裡的咖哩牛肉高湯還剩下三分之一鍋左右，但既然幾年沒見的孩子想學煮牛肉麵，當父親的怎麼能夠拒絕自己孩子想學習的想法呢！

而且我煮牛肉麵的技術是明祐他爺爺流傳下來的，我也應該好好地教導這孩子煮牛肉麵才對。雖然仔細想想，煮牛肉麵並不是生命當中非常重要的一件事，但因為我父親的緣故，它成為我童年中很重要的大事，然後在歲月裡逐漸轉變成一個隱喻或象徵之類的東西，就像家族生活模式或血緣的傳承，或者一鍋表現溫暖的凝聚力似的——因此即使我和前妻感情冷到已瀕臨離婚的情況下，當她喝下一小碗牛肉湯的時候，那味道濃厚的高湯也能夠稍微融化她臉上近似冰霜的表情。也許我可以把這一樣在我自己生命中稍微能夠稱得上是幸福的技巧好好教導給孩子。

我拿出紙筆寫下一鍋十二人份的咖哩牛肉高湯所需要的材料：

三奈　3公克

小茴香　1公克

陳皮　1公克

……明祐打斷了我的書寫，他詢問：「爸爸，小茴香和陳皮是什麼？」

「是中藥材啊！」我有點感嘆兒子都讀到高中了，竟還不知道這些中藥材的名稱，雖然不知道這些滷包藥材的名字對生活確實沒有什麼影響。在現代社會當中，大部分人進食的內容通常只區分為好吃或不好吃，稍微講究一點的人，則會注重食物的營養或健康，但會多花時間去了解食物料理過程的人並不多；畢竟這是一個極端注重分工的社會，在比較大的餐廳裡面，我想即使只是煮一碗牛肉麵，也會區分成煮麵條的人、熬高湯的人、準備高湯材料的人，於是，即使是煮了一整年牛肉麵麵條的人，說不定也不知道陳皮和桂皮是什麼模樣吧。

我從櫃檯後面的壁櫥上拿出各種中藥材教明祐辨認，他似乎學習得有點困難的樣子，於是我在素描本上畫出各種中藥材的圖案，然後仔細地在圖案下面寫下名稱和對於味道、用途的簡單敘述。但我不確定在日本有沒有漢藥行之類的店家，所以就直接從店裡用塑膠袋裝了好幾袋熬煮高湯用的中藥材給兒子。

我和兒子站在櫃檯後面的小廚房裡開始熬煮咖哩牛肉高湯，首先先從用小秤子量各種中藥材的重量開始，兒子認真的表情讓我覺得我好像是高中的化學老師似的。我猜原先父親在設計這樣一家店時，雖然不敢奢望我辭掉教師工作跟他一起經營牛肉麵館，但他內心中仍隱約想和兒子一起在牛肉麵館的廚房工作；因此在這個我依照他筆記本請裝潢師設計的廚房，竟然非常適合我和明祐父子兩個人一起熬牛肉湯。我在心裡不禁感嘆亡父的巧思。這真是一個適合父子共同工作的廚房啊！

準備好滷包的中藥材以後，我教兒子把中藥材放進紗布袋包裡裝起來；然後要他拿菜刀切牛後腿肉，將牛後腿肉切成約寬五公分、厚一公分的肉塊；接著，要他用肉錘敲碎一塊牛後腿骨準備熬湯用。

「如果家裡沒有這錘子怎麼辦？」他問。

「可以用比較大的菜刀，用刀背或刀面的地方來敲。」我拿起廚房裡最大的菜刀示範給兒子看。

我們在大湯鍋裡注入八公升的水，然後放進準備好的所有材料和調味料，調味料有五十公克的咖哩粉、米酒、醬油、味精、糖和鹽，事實上我們加入的白蘿蔔、紅蘿蔔、洋蔥和番茄都有調味的作用，但我考慮到兒子的女朋友是日本人，因此特別削了一顆蘋果並切成塊狀丟進去，增加高湯的甜味。我沒有認識很多日本人，完全是從日式咖哩比較甜的這種刻板印象來猜測日本年輕女孩的口味，我囑咐兒子說：料理是一種藝術，一種生活，就像繪畫一樣，可以憑藉對生活或心情的認識，去追求味道的美學，並不必一陳不變模仿誰的味道。

當我對兒子講出這樣子的話語時，我突然驚覺我父親也對我講過類似的話。這讓我覺得，原來兒子跟老爸一定有某種程度的相似，就像昨天的太陽和今天的太陽可能有些不一樣的地方但仍然一樣是太陽。也許這樣的比喻不一定貼切，但我並不是什麼文學家，倒也不必斤斤計較比喻是否精準。

我們耗了兩個小時左右來熬煮咖哩牛肉高湯，然後我燙熟了麵條、加了青江菜、切了蔥花，最後讓明祐品嚐。明祐吃到一半的時候，她媽媽打電話來了，說計程車在巷子口，要他立刻出去。

我要孩子在電話中約他母親也進來我的店裡吃碗牛肉麵，他母親拒絕了，她說晚上還跟朋友有約。明祐有點為難地看著我，我輕輕拍他的肩膀，然後抱了他一下，說：「孩子，別為難了，跟媽媽去吧！別忘記咖哩牛肉麵的作法，還有一定要好好跟你的女朋友相處，不論多忙，都要好好跟她說話噢！」

我整理了要給明祐帶走的中藥材、中藥材的圖畫和我為他寫下的咖哩牛肉麵食譜，裝成一大袋讓他帶走。他母親又打電話來催促，我和兒子又擁抱了一下，他就匆忙跑出我的牛肉麵館。

我的故事講到這裡。周依涵點點頭回應道：「的確不管怎麼忙碌，一定要跟自己相愛的人好好說話！聽到你的故事讓我好想哭……」

她說著就用力皺了皺鼻子，彷彿用這樣的動作來禁止自己眼淚掉下似的。

「別哭了啦！今天妳要吃什麼牛肉麵？」我突然想起來，周依涵她來到我店裡快兩個小時都還沒吃東西哩！她一定餓了。

「爸爸，我也要吃咖哩牛肉麵！可不可以教我怎麼煮？」周依涵用頑皮又撒嬌的語氣搭配她努力擠出來的可愛表情對我說道。

我嘆口氣說道：「誒，妳等著吃就好了……」

「不管啦！爸爸，人家要學……」

牛肉麵的
幸福滋味

篇十四、枸杞提味原汁牛肉麵

冬天以後，我到關渡走了一趟。因為心想很久沒有出門走走，於是背著畫具出門，在淡水河邊用水彩畫了關渡大橋的樣子；紅色的關渡大橋是淡水河上非常顯著的風景，我想很多美術系的學生也會來這裡畫圖，所以不管哪個角度的關渡大橋大概都被我們這些喜愛畫畫而且居住在台北的人畫過了。這有點像生活或生命一樣，每個人呼吸或心跳的方式都差不多，我們努力在城市裡的某一個角落活出自己的特色，用自己的視角去詮釋世界，但經常發現自己詮釋世界的觀點早已被討論過了而驚覺到自己的平凡。雖然用另一個角度來想，確實也沒有那麼悲觀，因為每個平凡的人當中多少有些獨特性，就像兒子不管多麼像父親，一定都還是會有很明顯的差異出現。

而且我站在淡水河旁邊寫生，並不是為了要尋找什麼獨特性，或是想要畫出什麼非常了不起的畫作出來，如果一定要找一個理由來說明我站在這邊畫圖的動機的話，那大概是因為我想做一些看守著牛肉麵館煮麵以外的事，但我又不知道要去哪邊做什麼，所以就像許多在台北讀美術系的學生一樣，在淡水河旁邊寫生而已。雖然這是一個非常枯燥而且沒有趣味的理由，可是我想在我的生命當中，真正能夠稱得上有趣的事情並不太多。尤其在離婚以後，我更不知道什麼樣的生活可以產生一些讓我開懷大笑的樂趣。

大概是因為在淡水河邊吹了幾個小時的風，回家後隔兩天我就生病了。從我經營牛肉麵館開始，我很少生病，因為每天都拿重的東西，二十人份左右的牛肉湯鍋、大塊的冷凍牛肉、營業用的大桶醬油、牛脂罐或幾十斤重的麵條，這都讓我有運動健身的感覺，而且每天都至少喝兩、三碗的牛肉湯，感覺每天元氣都非常充足，因此這些年來我幾乎沒有打過一次噴嚏。但這次我似乎感冒得相當嚴重，首先頭和身體非常沉重，好像整副身軀都是別人的那樣，本來想睡一覺起來會比較好，但是睡到第二天中午，因為在棉被裡感覺熱烘烘的像烤爐似的而被燙醒，我知道我發燒了，掙扎著下樓，到樓下冷凍櫃裡找可以降溫的冰塊；但我沒有冰塊這種東西，冷凍櫃裡盡是各種部位的牛肉、不同口味而且已經結冰的牛肉高湯。我拿大湯匙在冷凍庫裡挖了一些霜，就用塑膠袋裝著放在額頭上。

雖然沒有什麼食慾，但超過二十個小時沒有吃東西，肚子也咕嚕咕嚕地叫，我想洗米煮個牛肉粥再打個雞蛋，覺得也許吃個看起來非常營養的東西會對身體比較好，但卻發現米桶已經空了。我才回想起來，在出門去關渡的前一天，我早就發現米桶空了，但當時心想家裡還有很多麵條，另外還有三、四包泡麵，即使不想吃麵也可以到巷子裡其他的店家買便當或吃簡餐，因此並沒有太在意家裡沒有米的這個事實。但如今想起來這是一件非常失策的事情。

「不管了，先回去睡覺吧！」我打算如果等一下睡醒精神比較好的時候，再出門買運動飲料，然後咕嚕咕嚕地喝上兩、三公升，如果真的沒有辦法康復的話，再搭計程車去看醫生。

大約睡到了晚上八點多的時候，樓下店門口有咚咚咚的聲音把我驚醒，我起初覺得那是風的聲音而不以為意，倒頭繼續睡覺，但這樣的聲音越來越大聲，接著還有小石頭拋往我二樓房間窗戶的聲音，最後一樓店裡的電話鈴響了。

我先打開房間窗戶，穿著公司制服的周依涵正在店門口打電話。我朝她喊了一聲：「剛剛是妳丟石頭的？」

周依涵聽到我的聲音，抬頭露出驚喜的表情，收起自己的手機，隨即店裡的電話鈴聲也停止了。

原來是她打電話到店裡。

「你還好嗎？」

「感覺不太好，今天沒有開店噢！而且營業時間快過了。」我揮揮手想把她趕回去。

「讓我進去看你？」

「妳會被我傳染感冒的。」

「沒關係，我很健康。」她說：「如果你不讓我進去，我就在這裡一直站到明天要去公司上班的時候噢！」

我實在沒有力氣跟她繼續爭辯下去，所以就拖著沉重的腳步下樓，打開了店裡的電燈然後推開鐵捲門。

「你看起來好滄桑，你病了兩天嗎？鬍子好長。」周依涵仔細端詳我臉上的短鬚，好像生物學家在研究稀有品種的動物那樣觀察我。

「妳昨天也有來？」我轉身穿著拖鞋走進廚房，想燒開水煮一壺茶請她喝，順便我也可以喝喝熱水。

「嗯。我以為你去哪玩了。可是今天站在你店門口覺得有點擔心，所以就丟石頭到你二樓的房間看看。」周依涵滿臉擔心的樣子說道：「沒想到你生病了。」

她又問：「有人來照顧你嗎？」

「沒有，我打算明天再去看醫生。」我背對周依涵點著瓦斯爐，然後紫青色的火焰呼呼地在陶製茶壺底下燒著，在有點暗的廚房裡發出異樣的光彩。

雖然我只有煮半壺水而已，而且廚房裡面的瓦斯爐是營業用火力強大的爐心，但等待茶水沸騰還是需要一些時間，於是我和周依涵就一起坐在店門半開而且燈光有點昏暗的牛肉麵館裡面說話。她也上班好幾個月了，現在看起來臉部線條比第一次見到時消瘦了些，但眼睛更加成熟而有智慧的光彩。

「最近工作順利嗎？」我問。

「是我該關心你的身體吧？你有好好吃東西嗎？」

「本來想煮個牛肉雞蛋粥的，但正好米桶裡面沒有米了……打算真正肚子餓的時候再去找東西吃。」我攤攤手，然後用力揉了揉自己的額頭。

周依涵突然站起來也摸了一下我的額頭，然後臉上露出驚訝的表情，她說：「你的身體好燙，就算沒有米，你也應該煮些營養的東西吃啊？店裡有麵條吧？」

「還有一些……」

「好。這次換我來煮給你吃。」周依涵脫掉套裝外套，捲起白色襯衫的袖子，彷彿一個自告奮勇要去挑戰什麼的孩子。

「妳會煮嗎？」我皺起了眉頭，上次在周依涵強力的要求下，我雖然教過她煮咖哩牛肉麵的技術，但周依涵原本是一個連小白菜和青江菜都不會分辨的女孩子，我真是有點擔心。

「放心、放心。」她逕自跑到櫃檯後面的小廚房，翻找冰箱和冷凍櫃裡的食材，然後埶起腳跟又隨便翻看了一下壁櫥裡的東西，模樣看起來倒像是跑到廚房想偷吃點心的小孩。

「好多中藥材噢！嗯……有種中藥的香氣……」她用力地嗅了一下壁櫥裡面中藥材的味道。那些藥材其實在她第二次來店裡的時候都看過了。

「妳別亂動啦……如果妳真的要煮麵，我記得冰箱裡還有冷藏的紅燒牛肉高湯和牛肉塊。妳不會燙到手吧？」其實我真的有點擔心。

「我的師傅是你耶！你賣的牛肉麵是我吃過最好吃、最用心的牛肉麵，名師出高徒，沒有問題的啦！爸爸……」

「別學我兒子叫我！」我皺起眉頭。

「有什麼關係，爸爸、爸爸、爸爸、爸比……你要乖乖的，女兒煮麵給你吃噢！」周依涵故意調皮地這樣一直叫著我。

我重重呼出一口氣，決定不理她了。如果她燙傷或拿菜刀切傷而且很嚴重的話，我們倆剛好可以一起搭救護車掛急診。

我就這樣無力地趴在桌上睡著了。

我夢見我的爸爸。說是夢見他，不如說是在夢裡我重回到父親過世前的一個月。依據病情的反覆，父親的病床經常在加護病房和普通病房裡進進出出，那時我每天從學校放學就直接到醫院裡去探望爸爸，陪爸爸聊天。

因為平常我都得留在學校指導學生畫圖，加上父親很不能諒解我和前妻陳慧靜離婚的事，因此那幾年我們很少聊天，反而是父親病倒住院以後，我們父子才有好好聊天的機會。

我們彷彿確認彼此記憶為真實的那樣，聊起很久以前居住在眷村的日子，那些屬於我童年味道的氣味，也會聊起我過世的母親；但那段日子裡，我不太想跟父親聊起母親的話題，因為他總是表現得一副非常灑脫的樣子，告訴我他隨時都可以去和母親相聚了……

他也提到我的前妻和自從去日本以後就幾乎不曾見過面的孫子。

我們還聊起幾個親戚和共同認識的人，還有我的工作狀況。但這時候我仍然不知道父親的夢想就是經營一家叫做「有」的牛肉麵館，我想他是不願提起這個他人生中最大卻無法實現的夢想吧？

有一天他的精神狀況比較好，能夠從病床上坐起來的時候，他告訴我：「小邗，我想吃原汁牛肉麵，你可不可以煮一碗給我吃？」

「醫生准許你吃牛肉麵嗎？」我有點疑惑，因為牛肉麵說起來是油膩且味道濃厚的食物，是很不適合病人的餐點。

「拜託，反正你知道我的情形，在病床上也撐不久了……我想吃你煮的牛肉麵……」嚴肅而且有些硬脾氣的父親，很難得的露出了服軟懇求的語氣，我答應了他。

「煮牛肉麵的時候，先把一些枸杞浸泡軟然後煮開，放進牛肉麵裡提味會很好吃。」父親笑了。

「用枸杞提味？」我皺了一下眉頭，然後說：「爸爸你沒教過我這招。」

「這是你老爸教你的最後祕方。」父親露出了彷彿守著什麼祕密被發現時的得意笑容。

我依照父親的囑咐，急忙回家煮了一碗用枸杞提味的原汁牛肉麵，用提鍋裝好帶去醫院是晚上十點左右的事，但父親早在十五分鐘前又被推進了加護病房，從此一直到斷了呼吸都沒有離開過那。

他並沒有吃到我為他煮的最後一碗牛肉麵——枸杞提味原汁牛肉麵。

我趴在桌上睡著，直到牛肉麵的香味彷彿引誘我的食慾般把我喚醒，然後我看見周依涵臉頰、額頭冒著細汗的小臉，以及我面前的一碗牛肉麵。

我愣了一下，這碗原汁牛肉麵上漂浮著橘紅色的枸杞。我用力嗅了嗅，那是枸杞和牛肉混合的香味，是那碗枸杞提味原汁牛肉麵的香味。

「我看你壁櫥裡有枸杞，我以前經常幫我奶奶泡枸杞茶，知道枸杞是養生的藥材，就把它煮開加到牛肉麵裡了。聞起來味道蠻香的。」周依涵有點緊張地說明。

看著這碗牛肉麵，我的眼淚不禁掉了下來。我想到了很多事，父親過世以後，這麼多年來，我第一次吃到別人為我煮的牛肉麵，而且竟然是父親生前想吃的這碗枸杞提味原汁牛肉麵。

四十幾歲的我，此刻像一個受委屈的孩子般趴在桌上大哭。

「怎麼了……爸爸……呃，君邗先生……我做錯什麼嗎？不要哭了……」她急忙在我身邊坐著，輕拍我的背安慰我。

「妳沒有錯，妳很好……」

我猛然地抬起頭，用發燙的身體和手臂用力地抱住她。

時間彷彿在這一瞬間停止，所有的聲音被收斂起來，只有牛肉麵的香氣像幸福一樣洋溢了整個室內的空間。

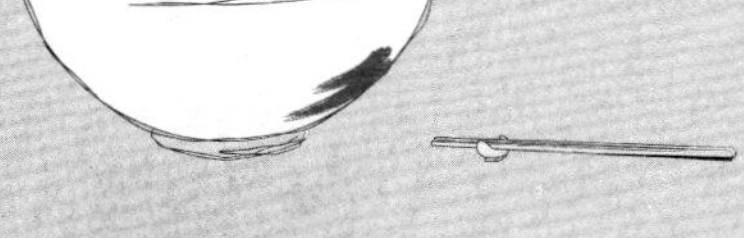

牛肉麵的幸福滋味（新裝版）

作　　者　楊寒

發 行 人　林敬彬
主　　編　楊安瑜
編　　輯　陳亮均、林子揚
內頁編排　詹雅卉（帛格有限公司）
封面插畫　鄭丁文

出　　版　大旗出版社
發　　行　大都會文化事業有限公司
11051台北市信義區基隆路一段432號4樓之9
讀者服務專線：(02)27235216
讀者服務傳真：(02)27235220
電子郵件信箱：metro@ms21.hinet.net
網　　址：www.metrobook.com.tw

郵政劃撥　14050529 大都會文化事業有限公司
出版日期　2020年07月修訂初版一刷

定　　價　280元
ISBN　978-986-98603-7-6
書　　號　STORY-36

First published in Taiwan in 2020 by Banner Publishing,
a division of Metropolitan Culture Enterprise Co., Ltd.

4F-9, Double Hero Bldg., 432, Keelung Rd., Sec. 1, Taipei 11051, Taiwan
Tel: +886-2-2723-5216　Fax: +886-2-2723-5220
Web-site: www.metrobook.com.tw
E-mail: metro@ms21.hinet.net

國家圖書館出版品預行編目資料

牛肉麵的幸福滋味（新裝版）/ 楊寒著.
-- 修訂初版. -- 臺北市，大旗出版：大都會文化發行,
2020. 07；256 面；14.8×21 公分. --(Story-36)

ISBN 978-986-98603-7-6（平裝）

1. 華文小說　2. 文學小說

863.57　　109004987

大都會文化 大都會文化 讀者服務卡

書名：**牛肉麵的幸福滋味**（新裝版）

謝謝您選擇了這本書！期待您的支持與建議，讓我們能有更多聯繫與互動的機會。

A. 您在何時購得本書：______年______月______日

B. 您在何處購得本書：____________書店，位於____________(市、縣)

C. 您從哪裡得知本書的消息：

1.□書店 2.□報章雜誌 3.□電台活動 4.□網路資訊

5.□書籤宣傳品等 6.□親友介紹 7.□書評 8.□其他

D. 您購買本書的動機：（可複選）

1.□對主題或內容感興趣 2.□工作需要 3.□生活需要

4.□自我進修 5.□內容為流行熱門話題 6.□其他

E. 您最喜歡本書的：（可複選）

1.□內容題材 2.□字體大小 3.□翻譯文筆 4.□封面 5.□編排方式 6.□其他

F. 您認為本書的封面：1.□非常出色 2.□普通 3.□毫不起眼 4.□其他

G. 您認為本書的編排：1.□非常出色 2.□普通 3.□毫不起眼 4.□其他

H. 您通常以哪些方式購書：(可複選)

1.□逛書店 2.□書展 3.□劃撥郵購 4.□團體訂購 5.□網路購書 6.□其他

I. 您希望我們出版哪類書籍：（可複選）

1.□旅遊 2.□流行文化 3.□生活休閒 4.□美容保養 5.□散文小品

6.□科學新知 7.□藝術音樂 8.□致富理財 9.□工商企管 10.□科幻推理

11.□史地類 12.□勵志傳記 13.□電影小說 14.□語言學習（_____語）

15.□幽默諧趣 16.□其他

J. 您對本書(系)的建議：

____

K. 您對本出版社的建議：

____

讀者小檔案

姓名：______________ 性別：□男 □女 生日：____年____月____日

年齡：□20歲以下 □21～30歲 □31～40歲 □41～50歲 □51歲以上

職業：1.□學生 2.□軍公教 3.□大眾傳播 4.□服務業 5.□金融業 6.□製造業

7.□資訊業 8.□自由業 9.□家管 10.□退休 11.□其他

學歷：□國小或以下 □國中 □高中／高職 □大學／大專 □研究所以上

通訊地址：______________________________________

電話：（H）______________（O）______________ 傳真：______________

行動電話：__________________E-Mail：__________________________

◎謝謝您購買本書，也歡迎您加入我們的會員，請上大都會文化網站 www.metrobook.com.tw 登錄您的資料。您將不定期收到最新圖書優惠資訊和電子報。

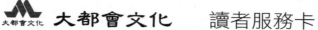

牛肉麵的幸福滋味

楊寒 著

北區郵政管理局
登記證北台字第 9125 號
免 貼 郵 票

大都會文化事業有限公司
讀　者　服　務　部　　收
11051 台北市基隆路一段 432 號 4 樓之 9

寄回這張服務卡〔免貼郵票〕

您可以：

◎不定期收到最新出版訊息

◎參加各項優惠活動

大旗出版
BANNER PUBLISHING

大旗出版
BANNER PUBLISHING